U0540706

上元灯彩图

宋方金 著

四川文艺出版社

图书在版编目（CIP）数据

上元灯彩图 / 宋方金著. — 成都：四川文艺出版社，2023.4
ISBN 978-7-5411-6614-3

Ⅰ.①上… Ⅱ.①宋… Ⅲ.①长篇小说－中国－当代 Ⅳ.①I247.5

中国国家版本馆CIP数据核字（2023）第044662号

SHANGYUANDENGCAITU
上元灯彩图
宋方金 著

出 品 人	谭清洁
项目统筹	戚开源
责任编辑	周 轶
封面设计	张 军
责任校对	蓝 海
责任印制	崔 娜

出版发行　四川文艺出版社（成都市锦江区三色路238号）
网　　址　www.scwys.com
电　　话　028-86361802（发行部）　028-86361781（编辑部）
排　　版　四川最近文化传播有限公司
印　　刷　成都东江印务有限公司
成品尺寸　130mm×210mm　　　　　开　本　32开
印　　张　6.5　　　　　　　　　　字　数　120千
版　　次　2023年4月第一版　　　　印　次　2023年4月第一次印刷
书　　号　ISBN 978-7-5411-6614-3
定　　价　58.00元

版权所有·侵权必究。如有质量问题，请与出版社联系更换。028-86361795

目 录

一　话中人：画地张元伯　001

二　画中人：话说玉灯　009

三　画中人：莫忘今宵　014

四　话中人：夜奔孟俊郎　018

五　芳心楼：信口　027

六　龙门客栈：路窄　031

七　齐云山：山脊瘟神庙　046

八　规矩村：坐不改名　053

九　白鹤溪：双鬼奇谭　058

十　白鹤溪：一薹大战一目五　082

十一　心远书院：山长梦帝君　098

十二　江南贡院：怨憎会　106

十三　江南贡院：所求无得　122

十四　上元节：一约既定，千山无碍　127

十五　又一处瘟神庙：九连环　131

十六　老山贼：照见快活岭　*151*

十七　瘟神庙：杀身成仁　*156*

十八　夫子庙：一诺既出，万年无阻　*158*

十九　黑白书生：无常　*160*

二十　猎人故事：先手　*163*

二十一　张元伯：上元灯彩图　*175*

二十二　隔尘：回向　*177*

二十三　剧本杀：上元灯彩图　*183*

二十四　故事杀：火烧瘟神庙　*186*

二十五　故事源流考：《后汉书·独行列传》　*191*

二十六　故事源流考：《喻世明言·范巨卿鸡黍死生交》　*193*

二十七　故事源流考：《上元灯彩图》　*202*

约既定　千山无碍
一诺既出　万年无阻

一 话中人：画地张元伯

明朝光景。某年，正月十五，上元灯彩之夜，南京夫子庙生出一桩怪事。往年此夜，男女老少，摩肩接踵，欢声笑语，赏灯彩，看烟花，吃梅花糕，游秦淮河，见心上人，岁岁年年无不同。今年却添一节目，全城皆在打赌。所赌者何？赌孟俊郎能否准时赴与张元伯的上元灯彩之约。

此约，正是一年前上元夜所定。那夜，孟俊郎辞南京回乡，跟张元伯约定：一年之后，正月十五，孟俊郎来会张元伯。此约本只张元伯、玉灯、孟俊郎三人知晓。张元伯口风紧，未对人言；玉灯万事皆护张元伯，自然是守口如瓶；孟俊郎口风松，又兼对此约甚是看重，所经之处，无不对人言，是以此约渐渐从外地传至南京。一传十，十传百，百传万。后陆续有人问张元伯："你跟孟俊郎约定上元节那天见，是真是假？"

看官莫怪当时世人有此一问。人与人约，虽不罕见，然彼时，舟车不便，音信难通，若非三街五巷之内，至大一城之中，所约只能大概，难定某日某时。孟俊郎家乡乃南直隶徽州府休宁县，离京城千里迢迢，隔山，隔河，隔风雪雷电，隔荒野与幽径，隔猛兽与匪患，若定大概日子，当不离谱，但若说正月十五此日此夜，难度可想而知。若孟俊郎提前抵达京城，此约自然已了，然到该年正月十五当天，孟俊郎身影、口信皆无。好事者开始纷定赌约。

此日一早，张元伯即在夫子庙街口徘徊迎接。到黄昏，月上柳梢头，花市灯如昼，次第有烟花明灭于半空，孟俊郎依然不见踪影，敢赌孟俊郎来的人愈发稀少，此约已成笑谈。张元伯却不顾闲言碎语，兀自等待。距张元伯不远处，是秦淮河畔的座座青楼，与夫子庙仅一箭之隔，此刻亦是簇簇花灯，重重锦绣，叠叠玲珑。有歌伎在如慕如诉的洞箫声中吟唱一支久远的歌谣，只有四句，不断反复，歌声缥缈优美，亦带一丝忧郁：

火树银花合，星桥铁锁开。
芳心随梦去，明月逐人来……

此时明月滑入半空，流光飞舞，与人间灯彩交相辉映；夫子庙大街，已望如星衢。那车水马龙并游人仕女，皆汇往此处。一群在夫子庙谋生的手艺人和贩夫走卒走过张元伯，他们有说书的、变戏法的、搞杂耍的，还有卖糖球的、卖灯笼的、卖汤圆的、卖烟花的。这群人长年混迹夫子庙，虽跟张元伯很熟络，然若是往年也不会有闲暇与他言语，今年张元伯却是上元灯彩之约的当事人，便不免叙上几句。

说书的先生姓柳，人称柳铁嘴。柳铁嘴手中摇板，嘴中有词：

种树莫种垂杨枝，结交莫结轻薄儿。
杨枝不耐秋风吹，轻薄易结还易离——

看见张元伯，停住问道："元伯，孟俊郎未到？"

张元伯："柳先生好。俊郎尚未到。"

柳铁嘴："若他来赴约，是个故事，以后我要给你们俩编一段儿；若他不来，是个事故，以后我也要编派他孟俊郎一段儿。"

说罢，又摇板张嘴，接上刚才的评书：

君不见，昨日书来两相忆，今日相逢不相识。
不如杨枝犹可久，一度春风一回首……

柳铁嘴走进街中的"口心居"茶坊说书去了。变戏法的这位一摇三晃着走来，此人名曰许百变，精瘦，衣裳却肥肥宽宽，浑身上下口袋繁多。他虽只二十余岁，却颇受欢迎，身边簇拥着卖糖球的卖汤圆的卖灯笼的等靠走街串巷做生意的小贩，只因跟在他身边，总能多卖出一点；还有一群半大小孩，前呼后拥，眼睛不眨地盯着他，希望他随时变出一点或变没一点什么。许百变率领众人走到张元伯身边，开始今晚的戏法："大伙儿都看见啦，张元伯还在死等孟俊郎——"

张元伯慌不迭拦住许百变的话头："不出十五还是年，不宜曰死，不宜曰死啊。"

许百变："不是死等，那这话该怎么说呢，痴等？痴痴地等？"

旁边有人起哄："傻等！傻傻地等！"

张元伯正色道："不妥。若定要形容，迎候一词更合此情此景。"

许百变击掌道："好！咱们就依张元伯所说，是迎候。今天他从日出到月升，依然在迎候孟俊郎。那你们说，孟俊郎会不会爽约？"

众人七嘴八舌，各抒己见，十之八九的答案却都是孟俊郎定会爽约。卖糖球的是个十二三岁的小姑娘，倒是脆生生道："我觉得孟俊郎会来。"

许百变："糖球妹妹，何以见得？"

糖球妹妹："孟俊郎他买我糖球，每次都多给一文。"又追加一句，"别小看一文钱，一文钱难倒英雄好汉！"

众人发出一片笑声。

许百变："小小年纪，不要被钱财晃了眼。"转对众人："各位父老乡亲，各位衣食父母，咱们赌一把如何，我赌孟俊郎爽约。如若我输了，这个归他！"说着手腕一翻，掌心变出一锭银子，引发了半大小孩们一阵大呼小叫："他开始变啦！他开始变啦！"

许百变环顾四周："一赔九！谁赌？"

闻听要赌，且须是赌孟俊郎不爽约，便无人应答。许百变把目光望向糖球妹妹："你刚才说孟俊郎会来，敢不敢跟我赌？"

糖球妹妹："我才不要被钱财晃了眼。不赌！"

许百变："不跟你赌钱。你输了，赔九支糖球，不，赔一支就行。"

糖球妹妹略一思忖，摇头道："不赌！卖糖球啦！卖糖球啦！张元伯，买支糖球甜甜口，将来状元一定有！"

张元伯摆手道："不要，不要。"

糖球妹妹："不要状元？"

对方明显是打趣，张元伯却认真辩解："非也，非也。是不要糖球，不要糖球。"

糖球妹妹："那状元还是想要的？"

张元伯："这，这……"不好意思却又如实道来，"还是想的嘛。"

众人哄笑不已。许百变问向张元伯："元伯兄，你相信孟俊郎会来？"

张元伯："自然。"

许百变："既然你相信他会来，那你敢不敢跟我赌？"

张元伯："家尊有令，不入赌局。"

许百变："人生本就是一场豪赌。"

说着，许百变手一握，伸到张元伯脑袋后边，一掏，银子没了，竟凭空摸出一只鹦鹉擎在手上，又引来一片喝彩。张元伯疑惑地摸了摸自己后脑勺。

许百变朗声念道："有灯无月不误人，有月无灯不算春。人间机关算不尽，隔山隔水隔红尘。"前两句是唐伯虎的诗，后两句显见得是他的随口胡诌了。接着许百变又对鹦鹉道："小鹦鹉，既然大家没兴致赌，那么你来猜一下孟俊郎会不会来，来或不来？请开尊口！"

鹦鹉没说来或不来，而是突然吐出来一句歌谣："芳心随梦去，明月逐人来……"

张元伯诧异地看了看鹦鹉，又不禁向它拱手道："鹦鹉兄，好口才！借您吉言。谢啦！谢啦！"

许百变拍了一下鹦鹉头："让你说这些没用的！"

说着手一挥,鹦鹉凭空消失在他手里,同时朝前走去。其他人也跟随他朝前走进了灯河、月色与人流的交织中。

这时两个夫子庙街坊,皆为三十岁左右的女子,各提一盏媳妇灯泼泼辣辣嬉笑着走来,看见张元伯眼前一亮,上前搭讪拉扯,欲让张元伯陪着观灯。因夫子庙每年上元节的灯彩许多都是张元伯画的,顺带也出了不少字谜。

俩女街坊说得理直气壮:

"张元伯,好多灯都是你画的,跟我们观灯去。"

"对,给我们讲解讲解,破破字谜,解个闷儿。反正你闲着也是闲着。"

张元伯:"抱歉。我并不闲,我在等人。"

俩女街坊又不耐烦道:

"知道知道知道。全城人都知道你在等孟俊郎。结果呢?你这不都溜溜儿等了一天了嘛!"

"太阳见了西,月亮升了天,也没见他孟俊郎来啊。还等什么!"

张元伯:"未到夜中,还算今日。"

一女街坊撇嘴道:"张元伯,做人不能死心眼儿……"

张元伯又慌不迭拦住:"良宵佳节,不宜曰死,不宜曰死啊。"

另一女街坊道:"好好好,不说死不说死,那你也得活泛一点儿啊。孟俊郎的话你也敢信?走走走,别等了,看灯去。"

说话间两人拉扯起张元伯,把张元伯拉成了一个不倒翁。"不倒翁"正摇摇欲坠时,玉灯头簪两朵梅花、手提一盏天官赐福灯从人流中轻盈而来,张元伯如见救星,叫道:"玉灯、玉灯。"

二　画中人：话说玉灯

玉灯是龙门客栈店主人梅秀才的千金，年方十七。张元伯自来京城赶考，即客居龙门客栈，如此已有十二载。刚来时玉灯才五岁，如今已出落成亭亭少女。这玉灯，面貌纯良，双眸晶亮，平时温和恬静，却常紧要时为张元伯出头。原来在玉灯小时，梅秀才惜张元伯才，见他赶考落第生计无着，便在客栈的仓房辟出一床与他容身，不收赁金，并聘他给玉灯开蒙，付些束脩供他度日。

张元伯绝处逢生，哪敢懈怠，从《三字经》《百家姓》《千字文》一路勤勉相授。然玉灯虽聪明伶俐，却不喜读书，惮于功课。她喜欢的是看蚂蚁搬家，听说书人讲古，爬树，去贡院广场放风筝。张元伯从中生出巧思，找到一则让玉灯读书的好法子，即每次授课前允诺，学有所进就给她讲古。

玉灯为听故事，才认真读书。"三百千"学完，到《女孝经》《列女传》时，玉灯甚是厌之，只想听张元伯讲古了。然张元伯一向发愤读书，研学经义，于志异传奇之书涉猎甚浅，腹中故事存货有限，给玉灯所讲又消耗甚大，开始还能从之前读书印象中寻些典故来讲，但渐次穷尽，无古可讲。

谁知天无绝人之路，有一夜于床上辗转反侧、搜肠刮肚，欲寻一故事而不能后，张元伯眼倦神乏，忽觉下沉，似坠入一口无水古井，坠势甚急，深不见底，几欲窒息时，却又全身羽化，飘然着地，立在一豆微火前，一时不知是何所在，亦不敢动……突听吱呀一声，有门被推开一缝儿，闪进来一盏雪白雪亮的灯笼，逼得张元伯退了三四步，定睛细看，才发现灯笼有主人，是个七八岁的少年，又见那少年面熟，惊觉是多年前的自己，忙打量四周：房间两楹，香案一张，长明灯一盏，影影绰绰中，四壁满满当当的故事画隐隐约约，心内恍然："原来是光明殿！久违。"

张元伯又望向少年，少年却看不见他。提灯进屋后，少年反身掩好门，走到香案前，放下灯笼，给长明灯剔了剔灯芯，上了三炷香，从口袋里掏出两枚嫩黄的榍梅果供好，拜了三拜，又提起灯笼，绕过香案，走到墙壁前，举灯照去，一尊四目神像立于墙上，少年恭声说道："光明大神，元伯又来看画，打扰您老人家了。

那榅梅果我刚摘的,已经洗过了,您趁新鲜吃。"说完,少年提灯笼沿墙边走着,由慢渐快,直至绕圈奔跑起来。灯明光影中,壁画也纷纷活动起来,各色故事在墙上踊跃交织。张元伯心里一动:"何不将这些故事讲与玉灯听?"刚想至此,一梦醒来,怅然若失,忖道:"光明殿四壁、柱梁乃至顶棚皆是故事画,曾是自己年少时无比熟稔的地方。只是后来苦读经义,竟渐渐忘却了。"但默思以后,又有所得:"那壁画上,故事众多,头尾相续,连绵不绝。此梦正破了自己给玉灯无古可讲之困局。"翌日,即选了一个讲给玉灯。玉灯喜之不禁。此后凡需讲古,张元伯便可梦回光明殿,跟少年的自己一起览观壁画。

张元伯梦观壁画,入境极深。见那一众故事,或迤逦成韵,或异峰突起;有神魔鬼怪,魑魅魍魉,亦有鸟兽鱼虫,人间万象。其时空更是变化多端,或在鸿蒙初辟之际,或又在那人界未到之时、未履之地。更有时,似可纵身入画中,与连绵故事和其光、同其尘,寻其因、受其果。可谓众妙皆备,玄之又玄。

张元伯虽将壁画故事讲给玉灯听,但"梦回光明殿"一节,却不知如何才能说得明白,故不曾说与玉灯。

对张元伯那参差万般故事,玉灯或听得津津有味,或心驰神往,有时听得痴了,泪落而不知。在夜阑人静之时,玉灯曾无数次庆幸。因起初父亲请张元伯给她开蒙时，她曾百般抗拒。母亲晏良亦劝父亲，说张元伯双目重瞳，为异象之人，福祸未知，不教玉灯也好，若要开蒙，何若你自己？若要帮助张元伯，亦可设想其他法子。不想玉灯却对母亲所说的张元伯之重瞳有了兴趣，专门跑去看张元伯，果见他双目四瞳，阳光下看去有时会令人眩晕。周围小孩乃至大人都有些害怕，她却觉得神奇有趣，竟又执意要跟张元伯上学了。若非此故，她便错过了张元伯和那些旖旎故事。她觉得张元伯如他教她的一个词：无远弗届。每讲一个故事，玉灯若觉疑惑，则跟张元伯议论乃至辩论；若听得心服，便赞一句"你无远弗届"。年来月去，张元伯和那些故事取代了蚂蚁、风筝和大树，住进了她心里。

至玉灯及笄之年，张元伯去找梅秀才辞教职。梅秀才忙问因由，可有慢待？张元伯倒不隐瞒，说他渐感玉灯对自己生出情意，倘在幼时，权作玩笑，而今既已成年，不宜再教。梅秀才吃惊不小。那时女子读书多延聘女塾师或老学究，即为防生出此类情事。但梅秀才又感张元伯实诚磊落，虽应其辞却并未请其去。此时张元伯已有写写画画的营生，没这份束脩也能度日。

至此张元伯共教玉灯十年。十年寒暑，张元伯不知给玉灯讲了多少古。有些故事，非壁画上所有，乃是他纵身入画之后，游历交织衍化而出。自教职一辞，他未给玉灯再讲古。又可称奇者，此后亦不再梦回光明殿。

这时玉灯心智已熟,知兹事轻重与元伯难处,亦不再央他讲古。随之连称呼也变了,从起初的"先生"变成了直呼其名。张元伯自然懂玉灯是要打开他师生名分的心结。其实二人心意早已融会贯通,奈何元伯功名不中,不敢领受亦不敢表意,只盼能早登龙门,此事或有转机。否则即便梅秀才不加阻拦,他也过不了自己的心坎。今日灯节,晚饭后,玉灯跟父亲打了声招呼便簪花提灯出门寻元伯,因她早听店内客人讥笑元伯与孟俊郎上元灯彩之约,心中甚是不忿。

三　画中人：莫忘今宵

玉灯看见元伯时，恰见元伯受困，急忙上前，身阻手拦道："两位姐姐，你们不能这么欺负元伯。"

俩女街坊笑道：

"哪里就欺负他了，我们这是抬举他呢。"

"就是！多少人见了这尊'瘟神'避都避不及，也就我俩公道人不嫌弃他。"

玉灯："那请你们还是嫌弃他吧。"

俩女街坊又怪声怪气道：

"哟，玉灯，没过门儿就这么护着？"

"什么过门儿呀，人玉灯那不叫过门儿，那是倒插门儿啊。"

张元伯大窘道："此事尚无义理考据，还望两位女史慎言。"

玉灯却针锋相对道："我今天还就护上了！你们要

再敢惹我，以后不让你们逛街时进我们店方便。我们店的灯也不准你们看！"说着把自己玲珑剔透的天官赐福灯高举了举。两位女街坊瞅瞅自己手里那呆头呆脑的媳妇灯，气馁焰消，哼了两声撇嘴走了。

玉灯从怀中取出一方手帕，打开，托出一块梅花糕递给元伯，让他快吃。元伯掰了一半给玉灯，玉灯不接，元伯塞给她。两人吃着梅花糕，互相看看，想想刚才情形，又都难为情地笑了。玉灯提议："走，咱们看灯去。"

张元伯甚是为难道："我等孟俊郎呢。"

玉灯边举灯绕元伯转了一圈边笑道："你跟孟俊郎是约在这个小圈圈里见呢，还是约在整个夫子庙见？"

张元伯倒恍然大悟了："对对对。俊郎兄来了，自然找得到我。论夫子庙，想是他比我还熟呢。走，看灯去。"

玉灯："不光看，你还要帮我猜字谜，我要猜到他们倒灶！"

张元伯慌道："不可，万万不可。"

玉灯："有何不可？"

张元伯："有些字谜是我帮忙出的，咱们不可作弊。"

玉灯："猜不是你出的那些呗。这个你能分得清吧？"

张元伯:"我能分得清,但是跟别人说不清。"

玉灯:"那我自己猜。"

张元伯:"也不可。"

玉灯:"嗯?我凭本事猜也不行?"

张元伯:"正是。大家都知道你认识我,你猜对了,人家会觉得是我告诉你的。"

玉灯:"夫子庙好多人都认识你,他们为什么能猜?"

张元伯:"咱俩跟他们、跟他们——"犹豫着说不下去了。

玉灯寻到了一点话头的缝隙,追问道:"跟他们怎么了?"

张元伯:"跟他们不一样。"

玉灯心跳得登时快了:"怎么个不一样?"

张元伯:"我……我白住你家客栈,这大家都知道。"

玉灯见不是自己期待中的答案,失望道:"我不管,我就要猜,反正我也猜不对。"

张元伯急道:"那更不可以了。"

玉灯:"啊?猜不对也不可以?"

张元伯:"那样人家会觉得你笨啊。"

玉灯倒清脆地笑了。二人前行。玉灯此时也起了疑问:"哎,你说孟俊郎会不会忘了你们的约定?"

张元伯郑重道:"来不来,由他;等不等,在我。"

二人走进月色溶溶的人流中,他们身后青楼的箫声渐消,一种渺渺玎琤的琴音涌起,是"浑不似"之声。"浑不似"是一种形似琵琶的乐器,又称"火不思"。一名歌伎在某扇高楼的窗后不知为谁吟唱:

> 听元宵,众声喧哗,
> 歌也千家,舞也千家;
> 看元宵,香车宝马,
> 诗也消乏,酒也消乏。
> 却慢待了春风,
> 消瘦了梅花,
> 空落了灯花,
> 莫忘今宵,今宵止,
> 明日天涯,又天涯……

列位看官,想来你们此刻会问:"孟俊郎在哪里?"

莫急,他就要来了。

今夜,无论发生什么,他都将准时赴约。

四 话中人：夜奔孟俊郎

天空中一轮明月高悬，千万丝银辉耀射。在一片荒野的上空，孟俊郎正御风飞行；在他身后，有五个光点，如流星飞矢，正紧追不舍。这五个光点是金、土、水、火、土五妖。此五妖乃金猴、木鱼、水蛙、火鸟、土牛，皆为多年修炼之妖，躯体都已获人形。五妖怪声呼啸，飞成扇面，渐渐包围了孟俊郎。

孟俊郎心急如焚，因他知道张元伯在等自己；他还知道很多人都知道张元伯在等自己；他更知道，情势紧迫，时不我待，作为一个信士，他今夜决不可失约。

五妖围住孟俊郎后，金猴、木鱼、水蛙、土牛扯住了孟俊郎的双手双脚，火鸟跃其背上，掣出双翅，仰天反扇，其风甚厉。孟俊郎倍感沉重，勉力带着五妖飞行了一阵，终于支撑不住，跟五妖手缠脚连地坠落在荒野之中。孟俊郎犹自不肯放弃，一边与五妖相搏，一边言语相求道："放我走，放我走，我要去赴约！"

五妖大呼小叫："跟我们走！跟我们走！我们是你的腿！我们是你的手！"

孟俊郎信念在头，力量入手，竟渐渐占了上风，将五妖冲击得七零八落，眼看又要升空飞走，突然，五妖中金猴人叫一声："合！"五妖眨眼间竟迅疾合为一体，变身为一眼鬼。

列位看官又要问了："何为一眼鬼？"

这一眼鬼又叫一目五先生，是古老而又怪异的一种鬼，此鬼由五个鬼组合而成，其中只领头鬼有一独眼，能视物辨人，其余四鬼没有眼睛，只能跟随并听从领头鬼的号令。一眼鬼行踪隐秘，多在瘟疫之年示现。此鬼以人为食，鼻息通灵，擅闻，能闻出人之三性：善、恶、庸。善者，此鬼不吃；恶人，亦避之；不善不恶之辈，食之。看官或又要问："五妖非鬼，如何被组为一眼鬼？"此中别具缘由，跟一个法器九连环有关，后有交代。

五妖变身为一眼鬼后，领头鬼是金猴，在它的率领下，猴之灵、牛之力、蛙之跃、鱼之滑、鸟之捷合而为一，如出一辙，斗力瞬间激增，只一个盘旋扑跳，就将孟俊郎掀翻在地，然后一眼鬼又解体为五妖，七手八脚死死摁住孟俊郎。

孟俊郎悲愤不已，声嘶力竭道："你们放我去赴约,赴完约我跟你们走。我孟俊郎说到做到!"

金猴笑道:"晚啦!我们已经把你制伏,你没有跟我们讨价还价的余地了。"

孟俊郎:"我还有。"

金猴:"你全身都被我们拿捏得死死的,除了花言巧语你还有什么?"

其余四妖怪声连连:"你还有什么?你还有什么?"

孟俊郎:"牙齿。我还有牙齿。"

金猴:"咬我们?来啊,咬啊!"

其余四妖龇牙咧嘴道:"咬啊咬啊!"

孟俊郎:"不,我是一个书生,还是一个信士,你们不放我,我也不会咬你们,那太不体面了。但我会咬自己——"

五妖乐不可支:"哈哈哈,他要咬自己。"

孟俊郎:"对!我咬自己的舌头!"

五妖狂笑:"他要咬自己的舌头!"

孟俊郎:"对!我要咬断自己的舌头——这叫咬舌自尽!"

五妖闻听此言怔住。只听得荒野上寒风凄厉。

孟俊郎:"你们此前看见了,我已经自杀一次了,不在乎再死一次。我再一死,你们抓我还有何用?"

除了金猴,其余四妖又狂笑起来。

木鱼:"孟俊郎,你已然是个鬼了,还怎么死?"

火鸟:"骗子!"

水蛙:"蠢货!"

土牛:"骗子并蠢货!"

孟俊郎绝望道:"难道你们这一巴掌小妖都是睁眼瞎吗?就不知道鬼也可以死吗?你们要不信,我现在就死给你们看。"

金猴:"且慢!"转对其他四妖道,"他说得没错,鬼也会死。"

其余四妖惊道:"鬼也会死?"

金猴:"是的。鬼也会死。考你们一下,你们觉得鬼死了以后叫什么?"

土牛:"死鬼。"

金猴不屑道:"笨货!照你这说法,那死鬼死了叫死死鬼?"

火鸟:"你就别卖关子了,再不说我们还不听了。"

金猴忙道:"那我就告诉你们吧,人死为鬼,鬼死为聻,聻死为希,希死为夷。人怕鬼,因鬼可附人;鬼怕聻,因聻可御鬼。"

火鸟问道:"聻呢?聻怕希?"

金猴:"聻不怕希,因为到希,就发不出声音了;希也不怕夷,到夷就透明了,连形相也没有了——听说那是一个连没有也没有的不在。孟俊郎，我说得对吗？"

孟俊郎长吁一口气道："终于有个明白人儿了！"

金猴斥道："明白人儿？你瞧不起谁呢！孟俊郎，你虽是个不争气的书生，但好歹也念过书，说话请严谨。我可不是人，是妖。你应该这么说——"学孟俊郎语气道，"终于有个明白妖了！——你以为谁都想当人吗？太没见识了！接受我的教导吗？"

孟俊郎顺坡下驴："我接受。明白妖，你既然明白，那就赶紧把我放了啊。"

其余四妖纷纷劝阻金猴。

火鸟："猴哥，不能放啊！大王要怪罪下来，咱们就一辈子都得缠在一起当那生不如死的一眼鬼。"

木鱼："我再不想跟你们合体了，膻骚酸臭的。"

水蛙："说谁呢木鱼姐姐，您还腥呢。咱们就谁也别嫌弃谁了。"

木鱼："你这个水陆两面派胡说八道！我每天晚上用葱姜黄酒这去腥三宝都腌百八十年了，早除异味儿了！"

金猴："哎呀你少用了一味花椒。"

土牛："花椒不是增香的吗？还能去腥？"

木鱼愠道："跟你们在一起真是还不如自杀呢！"

水蛙："还自杀呢！别提了。他们人自杀还能自杀到'姨'，咱们这些妖一自杀就死到姥姥家了。"

土牛："蛙弟言之有理。"又劝孟俊郎道："孟老弟，当鬼还是有很多机会的。大丈夫不要耍牛脾气，我劝你活下去，跟我们斗到底。如何？"

孟俊郎："一约既定，千山无碍。如若爽约，我必成聻。"

金猴思忖了一下眼前情形，对其余四妖道："这孟俊郎你们也看见了，刚才在瘟神庙那是说死就死，毫不含糊，他要这一口咬下去再成了聻，咱们这五条妖命可就稀烂贱了。大王不会饶了咱们！"

其余四妖都一激灵，面面相觑，深知金猴所言不虚。

金猴又道："他现在说只要去见完张元伯就跟咱们走，这样他不爽约，咱们也能交差，岂不两全其美？"

木鱼："猴哥，大王是万鬼之王，位高权重，他许诺过咱们多少次？兑现过一次吗？这孟俊郎是头新鬼，他的话我们怎么敢信？"

其余三妖纷纷附和道：

"是啊，怎么敢信？"

"他要骗咱们呢？"

"被大王骗也就罢了，要被这么个寻常鬼给骗了那就是丢人丢到姥姥家了，还不如死到姥姥家呢。"

金猴："咱们合成一眼鬼，不，合成一目五先生时嗅过他，他现在已算是个好人了，应当不会骗咱们。"

四妖不同意，纷纷抗议，各执其理。

木鱼："好人就不骗人吗？"

土牛："好人就不说谎吗？"

火鸟："好人就不是人了？"

水蛙："况且他现在也不是人了啊。他是个鬼，从人到鬼，性情就一点也不变？"

金猴又沉吟片刻，问道："孟俊郎，你有能让我们相信你的东西吗？"

孟俊郎想了想，摇头道："我没有。"

土牛："猴哥，你看，他没有让咱们信的东西，咱们不能信他。"

金猴："我倒不这么觉得。我认为，他刚才这一句'我没有'就没有骗咱们，所以我相信他。为公平起见，你们可以都测一下他。"

木鱼起式，扭胯，送腰，在孟俊郎面前跳了一段魅惑十足的鱼水之欢舞。跳完，站定，问道："我美不美？"

孟俊郎："不美。"

木鱼："假话！我这还不算美吗？"

孟俊郎："你皮肤太糙了。远瞧还行，近看有碍观瞻。"

木鱼大怒，欲掌掴孟俊郎。金猴拦住木鱼，劝道："木鱼妹妹，你这鱼鳞确实还刺眼，没修炼到家。他们人啊，事儿特多，对皮肤要求很高，要手如柔荑，肤如凝脂。皮肤不好的都不能算美。你这要一巴掌下去他就是半脸鱼鳞——孟俊郎没撒谎。"

水蛙道："让我来。孟俊郎，你跟张元伯是好朋友？"

孟俊郎："是。"

水蛙："你爱慕玉灯，追求过她？"

孟俊郎："是。"

水蛙："但玉灯不喜欢你，喜欢张元伯。"

孟俊郎："是。"

水蛙："你嫉妒吗？"

孟俊郎："嫉妒。"

水蛙："现在还嫉妒？"

孟俊郎犹豫道："……嫉妒。"

水蛙对其余四妖道："他在我这儿通过了。他心内纠结，但没撒谎，要是我我就不会这么说，我会说，我不嫉妒，我很高兴，因为玉灯找到了她真正喜欢的人。"

火鸟："你这不行，以己度人能度出什么？！看我的。孟俊郎，认真看着我。话一出口别后悔，我跟玉灯谁更美？"

孟俊郎毫不犹豫道："你。"

火鸟："通过。这个鬼可信。"

土牛:"我来——"

金猴:"你不用来了,四对一,你的意见无关大局了。孟俊郎,我们放你赴约,希望你说话算话。"

孟俊郎:"我是个信士,对我的朋友张元伯是这样,对你们——我的敌人,亦是如此。正所谓一约既定,千山无碍;一诺既出,万年无阻。"

五妖互相看看,放开了孟俊郎。孟俊郎双脚蹬地,身体腾空而起,急急飞行,五妖亦随之升空,扇面尾随在后。

五　芳心楼：信口

　　孟俊郎跟张元伯的这桩故事，要回溯到一年多以前的八月。这是一个乡试年，八月是乡试月。南京城满盈着桂花的芬芳。那时，孟俊郎还不是个信士，只是一个以赶考为名、行生意之实的空头士子。这孟俊郎，世本商贾，祖上货郎出身，到他父亲这一辈，赀财小积，便在休宁闹市一隅开了间杂货铺，有个口气不小的字号，叫"千货全"。孟俊郎自小耳濡目染，颇懂买卖之道，但家里却送其入学读书，本意是想让他博个功名，弃商入仕。孟俊郎也为此发愤过，但中秀才之后，再读下去就颇觉吃力，尤其是应过一次乡试后，知道以自己的才学与举人无缘。但不承想在赴乡试的路上，孟俊郎一路行来一路比较各地物价市情，竟发现遍地商机；而士子身份可让他通行便利，又可打入士子群体与贡院闱场赚些读书人的钱，他便以士子之名行商贾之实了。于此之外，更可饱览各地乃至京城风光，这风光当然也包括秦淮河畔的座座青楼。孟俊郎竟至于在家已经坐不住，每年都要往返于京城与休宁乃至南北各地了。而今年是乡试之年，孟俊郎自然不会缺席。

赶考的士子或住在秦淮河旁的河房，或各处庙宇道观，或城内其他大小旅店。而孟俊郎别出心裁，住在秦淮河畔的青楼之中。孟俊郎住的这一家叫芳心楼。芳心楼大门左右刻着一副对联：

舞低杨柳楼心月

香湿梨花梦里云

横批虽俗气却也贴切：

万紫千红

孟俊郎在此醉入温柔乡，直至考前还余七八日，经书童再三催促，孟俊郎才动身往投龙门客栈，虚应乡试，实则赚赚赶考士子们的钱。不想这次陪侍他的青楼女子月娇对他生出了情分，把孟俊郎送到芳心楼门外，还拉着他的衣角依依不舍。孟俊郎对此等情势早已熟门熟路，知道月娇这是刚入行不久的习气，再过几年，便不会触景生情了。

月娇低眉软语道:"哥哥慢走。"

孟俊郎忍住不耐烦:"我已经走得很慢了。回去吧月娇。改天我就来把你赎出。"

月娇:"哪天啊哥哥?"

孟俊郎被噎住,敷衍道:"哦,这个嘛,怎么着也得等我把这次乡试考完。——书童!"

书童:"小姐,请放我们公子走吧。他这些日子一直在您这儿,没做功课,得赶紧地临阵去磨一下枪啊。"

孟俊郎:"嗯?"

书童:"不不不,不是临阵磨枪,是临时抱佛脚。"

孟俊郎踢了书童一脚:"一寸光阴一寸金。这叫寸阴必争。"

月娇还拉住不放:"几天后不就是乡试嘛。哥哥你考完就来吗?"

孟俊郎:"你得先放我去考啊。"说着从腰中扯出一块牌子,往月娇眼前一亮,"看,奉旨乡试。大明律令,凡士子赴京应试,沿路关卡免验放行。"

月娇一听律令,放开了孟俊郎衣角:"祝哥哥中举!您放心去考吧。我等你来赎。"

二楼一个窗户"砰"的一声并了,四娘从窗户探出头来,嚷道:"月娇,孟俊郎鬼话连篇,别信!三年前他来乡试,就说要把我赎出,当时老娘还真信了。痴痴等了三年才回过神儿来。"

"砰！"四娘旁边又一个窗户开了。湘竹探出头来道："四娘，也就是说你刚刚才回过神儿来？"

四娘悻悻道："可不是嘛！我就是听到他又骗月娇才看穿了他。"

湘竹："有年他来贩布，住我这儿，也跟我说过。孟俊郎，是不是？"

孟俊郎狼狈道："是和不是你都说了！"

希望眼看落空，月娇已经眼泪汪汪，抽泣道："哥哥，若你是骗我，你现在就告诉我啊。不要让我空欢喜。"

孟俊郎还想勉强劝慰一下，虚虚说道："你不要信她们的。"

"砰、砰、砰、砰、砰！"又开了五扇窗户，探出五个青楼女子的头，齐声呐喊道："孟俊郎，骗子！"

孟俊郎招呼书童："风紧！扯呼！"

两人落荒而逃。孟俊郎在前，书童挑着担子在后，倒还不忘劝告："公子，您以后可别再许赎身这话了，她们是真信啊。"

孟俊郎："喊！你懂什么！也不看看这是什么地方，她们一个个还都给我唱夏雨雪天地合乃敢与君绝呢，你信吗？我的话不真，她们的话就不假吗？人心隔肚皮，谁信谁吃亏。"

两人投往龙门客栈。

六　龙门客栈：路窄

片刻工夫，两人便来到龙门客栈。

龙门客栈论气派，非厅堂高敞、华屋深广之所，无非二十余间容身寒舍，每舍之内，仅一床一凳一桌而已；论交际，此处难以进轿靠船，为欲结交达官贵人之士子所弃。然仍有许多士子来京赶考却首选此店。何也？

看入门对联便知此店寓意：

静者心多妙

飘然思不群

横批是：

魁星朗照

图吉利为一也。

更兼店主人梅秀才为人和善,他亦曾应举两次,虽未中,却深知士子疾苦,故所定房值厚道,是许多寒门士子心水之处。图实惠为二。

其三:龙门客栈有两桩雅致之处为其他店所不及。一是店内常年氤氲着一股安神定思的香味。此香为梅秀才亡妻晏良所制,名字唤作"莫忘今宵"。晏良出身制香世家,从小耳濡目染,心至慧生,学成那君臣佐使、众味调和之道。她以沉香、白檀为"香骨",以龙脑、丁香等为"香辅",以昙花为"香魂",入香鼎中一同缓蒸,和合出这款莫忘今宵。香呈盘状,心字模样。彼时文人士子之间推崇的多是雪中春信、二苏旧居、月桂知秋、返魂梅等名香,而莫忘今宵一出,立时盖了其他香名头,文人名士来南京者无不往闻,亦有求购者,但因昙花难得,无法多制,难成交易。晏良于玉灯十岁时亡故,此后梅秀才每年跟玉灯按其所遗香方炮制此香,以作纪念;并每日熏一盘于店内,香味弥漫,思念流动,香在如人在。更有厚金重酬收购莫忘今宵香方者,如孟俊郎就曾多次相商,皆被梅秀才婉拒。

另一雅致处,是一年四季,门里门外,店堂四壁,客房走廊,甚至犄角旮旯如便所等处,皆挂满灯笼,并饰以灯彩。灯笼为玉灯所制,灯彩则为张元伯所画。前文说过,张元伯靠写写画画维系吃穿用度,而尤以给龙门客栈所画为多。这些灯笼的形制，随高就低，随景赋形，遇方则圆，遇暗则明，处处可见玉灯的妙手；而附着其上的灯彩，则图文并茂，意境深远，美轮美奂，这就是出自张元伯的匠心了。更可称奇者，灯彩按季节时令甚至按细雨绵绵或雷鸣电闪之天象更换，真可谓以灯彩细批流年。

然其最为士子所重者还不在以上三点，而在地势方位。坐在龙门客栈大堂，目光穿门而出，便可望见江南贡院的第三重门，那门上写着两个大字：龙门。龙门前矗一根高高旗杆，杆头悬挂一样物件，有风即飘摇，无风则低垂，恍惚间不辨何物，然若定睛瞧去，竟乃一颗干枯的头颅，此即一士子作弊之下场也。不过其他士子早都对人头不以为意了，一心只想着自己能跃过龙门。

在龙门之后，目光再抬，即可望见江南贡院最高建筑明远楼。此楼是号令和指挥贡院的所在，一向为士子既敬且畏。楼高三层，一楼四面皆门，出入通畅；二、三楼四面皆窗，俯瞰全院，一览无遗。寓居龙门客栈，望龙门，思明远，心神不散，故为士子所重。

孟俊郎虽无跃龙门之想，但每来京城，亦住此店，因此处士子虽不富贵，但一举一动却可带动他处士子风气，于他生意有利。去年他在南京行商时已早早订了龙门客栈的房舍。

孟俊郎携书童大刺刺走进大堂，店堂内的凳椅桌台边正坐着三三两两的士子，或低头默记，或摇头诵读；三五店伙，楼上楼下，堂前厨后，穿梭往来；柜台后，店主人梅秀才正扶着一把椅子，女儿玉灯站椅面上，踮脚替换柜台后方墙上的一盏灯彩。换下的是秋风桂花灯，换上的是一盏文光射斗灯。

孟俊郎很熟络地跟众人打招呼，他双手四处作揖："各位兄台，备考辛苦，祝今年高中！"抬眼看见文光射斗灯，"也祝各位文光射斗！"又见玉灯要从椅子上小心翼翼下来，忙道："哎哟，危险，梅先生，您让开，我来扶。"一听孟俊郎要来扶，玉灯嗖地一下从椅子上跳了下来。

孟俊郎急道："哎哟玉灯，你这可不行，别摔着。——梅先生您好啊，您更精神了。玉灯，你长高了不少。"

梅秀才："孟公子来啦，您那上房已收拾停当，快请入住。"

孟俊郎："不忙，不忙。您别客气，这儿我熟门熟路。容我先跟各位旧雨新知寒暄寒暄。"

话虽这么说，孟俊郎却并未跟其他士子打招呼，而是走到玉灯跟前，从怀中取出一个紫檀小盒，打开，托出一枚碧绿晶莹的玉雕，是座小人儿，玲珑剔透，温润柔静，活生生照玉灯雕的。

孟俊郎脸上堆笑道："玉灯，送你。"

玉灯看了一眼，又羞又惊，愠怒道："你雕个像我的小人儿干吗？"

孟俊郎竟然羞涩了，赧言道："不是我雕的，逛铺子时偶遇的。"说罢又强调，"是真玉！"

玉灯："我不要！"

孟俊郎："那我转卖给你，一文钱买的，两文钱卖。我还赚了一倍。"

这显见得是在说谎了。列位看官，孟俊郎说的"真玉"并非跟假玉作别，而是指和田玉。彼时世人只认和田玉为真玉，其他都为石，不能称玉，至多算玉石。孟俊郎手中如此一枚上等真玉，又经雕工，其价自然不菲，岂是两文钱可抵。就是那装玉的紫檀小盒，亦非寻常。但没想到玉灯毫不为动，干脆地撂下一句"不买"，扭头就忙活去了。旁边士子们瞧出了端倪，纷纷笑起来，紧张备考气氛倒一下缓释了。淮安府山阳考生吴承恩也在其中。

吴承恩揶揄道："俊郎兄，玉灯不买，可否转售于我呀？我出一百文。"

孟俊郎忙收玉进盒，揣进怀里，用手按结实，才反击道："吴承恩，你好歹是学文断句之人，别总想着占便宜。"

吴承恩："论占便宜我们不敢跟您比，您是行家啊。"

其余士子纷纷点头称是。孟俊郎苦笑道:"我又没得罪各位,你们矛头怎么冲我来了?"

吴承恩:"哪里哪里,岂敢岂敢。我们只是觉得您手风一向很紧,今日何以如此大方?此中有深意啊。"

孟俊郎尴尬道:"吴承恩,仔细备考,不要起哄。"想岔开话头,又道,"你那只石猴的故事写得怎么样了?我还等着看呢。"

一听石猴,吴承恩不再开玩笑了,道:"惭愧,惭愧!家父盯得紧,我只好一直在八股文中打太极呢,石猴的故事,哦不——"向虚空一作揖,"是孙大圣和他师父唐僧西天取经的故事,才只开了个头。"

孟俊郎:"赶紧写啊。我听说你到世德堂去接洽刻印的事儿了,那边可有答复?"

吴承恩面有羞色道:"世德堂尚不太看好,需看全文再定夺。"

孟俊郎:"不必理会他们。你只管写,写完了我出资给你印。兴许能卖个百八十本呢。润笔从优。我不怕赔,就当交个朋友。书童——"

旁边有个士子哧哧掩嘴而笑。孟俊郎瞅了那人一眼,道:"这位老兄看着眼生,第一次来乡试吧?不知您笑什么?"

掩嘴士子:"你叫你的书童叫书童,听着新鲜。"

书童:"这位公子,我是书童,也叫书童。"

孟俊郎得意道："合二为一，大道至简。正是鄙人孟俊郎给起的。——书童，把幸运符请出来。"

书童放下担子，解开筐盖上的红绳，掀开盖子，原来是两筐捆扎得整整齐齐的幸运符。吴承恩及其他士子都围过来，有几位想伸手拿起来看看，被孟俊郎和书童拦住。

孟俊郎："哎别动别动。动就不灵了。诸位兄台，这两筐幸运符，一共九百九十九张。其中六百六十张是进士出身符，为此我去东海崂山请崂山道士通灵了一下。其中三百三十张是状元及第符，为此我去山西五台山请高僧大德开的光。其中九张是文昌星下凡符，为此我回徽州府齐云山文昌洞跪拜文昌帝君七七四十九天，祈福加持而来。各位若想龙门一跃，不妨请一张增益。"

士子们听得肃然起敬，独吴承恩不以为然，趋前上上下下竟摸了几把孟俊郎。

孟俊郎拨开吴承恩的手，气道："大庭广众，你干什么！"

吴承恩："嗯，不是鬼。"

孟俊郎不悦道："吴承恩，你请就请不请拉倒。以鬼咒我算怎么回事？"

吴承恩："哪里哪里，岂敢岂敢。然而，俊郎兄，去年您到山阳贩老鳖——"

孟俊郎："不雅。我贩的是甲鱼。"

吴承恩："好，那依兄之雅言，您去年到山阳贩甲鱼的时候，咱们曾在状元楼会饮，至今不过一载有余，那时并未有幸运符一事。即便从那时起你开始求符，兄自山阳至东海崂山，再奔山西五台山，再回徽州府齐云山，再回转此处，何止万里之遥？若兄能如此达遍四海，来去须臾，不为仙，即是鬼。"

孟俊郎道："此话怎讲？"

吴承恩："仙乘云腾雾，万里之遥，瞬间可至；鬼虽逊色，但亦可御风，日行千里。兄非仙非鬼，何以能年行万里？即便年行万里，又何以身材如此丰腴？更何况还有七七四十九天在齐云山文昌洞跪拜不动呢？！恐怕我笔下的孙大圣亦无此本事。"

士子们一下明白了，哄笑起来，开始一齐挖苦孟俊郎。

孟俊郎恼道："吴承恩，你这是报复！上届乡试你请了我的进士出身符未中，但这能光怪我的符吗？你天天写那泼猴的故事，误了学业功名，怪不得令尊对你很是不满呢。我看要怪得怪你那猴子。不，要怪你自己！"见士子散开了，急道："符者，福也！谁请一张回去？唐伯虎中举那年请的就是我祖上开光而来的状元及第符。玉灯，是不是？"

玉灯："不晓得。那会儿还没我呢。爹爹，有这回事儿吗？"

梅秀才道："太多年前的事儿了，让我想想……嗯，不假，听说唐伯虎确实请过一张。"

玉灯不禁钦佩地望向孟俊郎。孟俊郎见玉灯服气，很是受用，扬眉吐气道："看看！瞧瞧！瞅瞅！摸摸良心！我说假话了吗？唐伯虎就是请过一张才中的举嘛！"

玉灯从柜台后绕出来，走到孟俊郎跟前，问道："买一张多少钱？"

孟俊郎："玉灯，不能说买，得说请。不然就不灵了。"

玉灯紧张道："那我说买了怎么办呢？"

孟俊郎粗犷地呸呸呸了几声道："学我。呸几声就好了。"

玉灯却呸不出来，有些难为情："没有别的办法吗？"

孟俊郎歪头想了想，吹了几口气："那就这么吹几口气吧——要不是你，这法子我谁也不说。"

玉灯赶紧吹了几口，又问道："给别人请也灵吗？"

孟俊郎："灵。给谁请啊？"

玉灯："无可奉告。"

玉灯话虽这么说，但眼神却瞥向了人堂柜台后的仓房，不经意间泄露了自己的心事。孟俊郎意外地看了玉灯一眼，失声道："难不成你给那瘟神张元伯请的？"

士子们一下又都被吸引了，皆望向玉灯。梅秀才也放下正在查看的循环簿，看着玉灯，悄叹了口气。

玉灯："你少糟践人，给人起这么难听的外号！"

孟俊郎叫屈道："这是我起的吗？早年间我进心远书院求学的时候，他就在了，那时候大家就叫他瘟神。"

刚才掩嘴而笑的那位士子道："原来你跟瘟神是心远书院同门，那都是来自徽州府的了？"

孟俊郎："惭愧惭愧。不过我跟元伯没有什么深交，不曾沾过晦气。"

掩嘴士子："他这瘟神的封号是怎么得的呢？"

孟俊郎："名副其实。就单说他那四只眼睛就够吓人的了。"

吴承恩："双目重瞳，此为异象。凡是身具此象者，不是圣贤，便为灾星。"

孟俊郎："看看！听听！人吴承恩怎么说的，灾星啊。"

玉灯："什么灾星，还有圣贤呢。"

孟俊郎："他能是圣贤？圣贤都是些什么人哪！"

掩嘴士子："承恩兄博览群书，通古知今，可否举几例双瞳之人说来听听。"

吴承恩："你这就算问对人了。自从写孙大圣的故事以来，我觅古游今，搜检寻查那奇能异象之辈，说到这双瞳之人，史书记载有八位：造字的仓颉、三皇五帝之一的虞舜、春秋霸主重耳、西楚霸王项羽、后凉国主吕光、北齐开国皇帝高洋、隋朝名将鱼俱罗、南唐后主李煜。"

孟俊郎大笑道："张元伯怎能与此等非凡之人相比，叵见为灾星无疑。听吴承恩这一番话，倒让我想起一事，张元伯从小就和他父母住在齐云山的一座瘟神庙里，大家叫他瘟神并不是空穴来风——"

玉灯："国有国法，店有店规，在我们这儿住，不准背后讲其他客人坏话。"

孟俊郎："我这是讲坏话吗？他张元伯瘟谁不知道？平时下笔如有神，一考就完蛋。你问问大家，谁敢跟他说句话交个头接个耳？你给他请符你不怕倒霉啊？别把你的福给带走了！"

玉灯："给谁请的不用你管。你就说卖不卖吧？"

孟俊郎："卖啊。有卖就有买，有买就有卖。进士符一百文，状元符五百，文昌星符一贯。你请哪个？"

玉灯："怎么比往年贵了？"

孟俊郎："今年跑的路远，自然贵了。"

玉灯下定决心，脆声道："文昌星！"

说着取钱给孟俊郎，接过文昌星符，小心翼翼收起,揣进怀中。孟俊郎妒火中烧,压不下气,走到仓房门前,想拍门又觉得晦气,收回手,叫道:"张元伯、张元伯。"

门里没动静,大堂门口却传来声音:"你叫我吗?"

众人转头望去,见张元伯抱着几份墨卷从门外走进来。这是乡试惯例,考前士子要自己去墨卷厂买卷。士子们都纷纷躲着他,自动给他让出了一条路。

孟俊郎:"哟,墨卷都买好了,今年志在必得啊。"

张元伯:"尽力而为。"

孟俊郎:"张元伯,我根据我自己的赶考经历,写了一首打油诗,你想不想听听?"

张元伯:"不想。"

孟俊郎妒火熊熊,霸王硬上弓道:"哦,别客气,我知道你想,还是念给你听听吧。各位,在下献丑了。"说罢,摇头晃脑念道:

一场考完考二场,二场考完更紧张。

四书五经从小念,窝窝囊囊度寒窗。

尽管应试三四次,十有八九仍落榜。

念罢,问道:"元伯兄,我这诗如何呀?"

张元伯自然明白孟俊郎是在讽刺自己，但他只看了一眼孟俊郎，不做计较，想回仓房。孟俊郎却挡到张元伯跟前，挑衅道："别走啊，您给评判评判。"

玉灯担心地看着张元伯，悄悄走到他身边。

张元伯平心静气道："既然俊郎兄让评，我就评一下。您这打油诗看似说的是您自己，但实际上说的是我。就风格而言，是白描讽刺，讽刺我四次乡试不中，备考这第五次。乡试三年一次，如此说来，我已考十二年了。在下技不如人，甘拜下风。您诗中所绘，句句是真，讽刺得好。但最后一句'十有八九仍落榜'，言词之中却已藏恶意，我与您并无恩怨，何以咒我不中？"

这时远处贡院明远楼上一队兵丁走过，边鸣锣边喊口号：

"开科取士，务要清白！"

"有恩者报恩，有怨者报怨！"

这也是明代乡试惯例。入乡试月以后，每隔一个时辰，兵丁即敲锣喊此口号，提醒考生不要妄想作弊。口号声让众人神色一凛。

孟俊郎辩道："我可不是咒你，是在说我自己。我不也考两届未中嘛！"

张元伯："我评完了。您可以让开了吗？"

孟俊郎悻悻让开，张元伯回房去了。

接下来几日，士子们或养精蓄锐，或临阵磨枪，或备考篮、买墨卷。最要紧是,买完墨卷于正卷卷首书姓名、年甲、籍贯、三代、本经(即所习经书),然后赴应天府找印卷官"印卷"。此印卷非印刷之意,乃是印卷官在士子自备的正卷上用印钤记,卷尾加盖印卷官个人姓名的戳记,然后还给士子,由士子自己保存;并另外置簿附写,录明士子卷首所书四项情状,据以分配座次。

孟俊郎较其他士子更忙,还要售卖幸运符,不过也只一二日即售罄,很是赚了一笔。但孟俊郎尚留下十余张不卖,书童不解,问是为何,孟俊郎懒得解释,只让书童将那十余张幸运符缝在他入场时穿戴的襕衫和方巾上。接着又去购笔墨纸砚、炭火、油布、香饼、艾条、果品、钉锤(用来钉油布作号舍门帘)等考场所需之物。孟俊郎购此类物件与别的士子又有不同,别人购一份,他却要购两份乃至多份,如香饼他就购了十几枚。

元伯的考篮玉灯已早早给备好了,笔墨纸砚自不消说,还有那卷袋、笔袋、饽饽、饭碗、茶盅、烛台、蜡剪等等,均一应俱全。此等闲话,不再细表。

却有一事可记:考前二日,张元伯去贡院广场看座次榜,亦喜亦忧。喜在这次分得信字号号巷的巷中,为三十八号;忧则是意外发现孟俊郎的号舍跟自己相邻,为三十九号。"数千士子编排座次,竟如此'冤家路窄',怪哉,怪哉,此何征兆也?"张元伯心下一时惆怅不安，千思万虑。

临考之夜，凝思积虑之下，他入得一梦，梦见了齐云山，梦见了齐云山中的文昌洞，梦见了文昌洞前的心远书院。他梦见自己从心远书院走出来，沿一条险僻小径往下走，走到山脚下的忧戚河，走到河边的那座瘟神庙，他推开山门，走进院子，看见落叶纷飞，父亲和母亲在扫一地的黄叶，扫了一层，黄叶即又覆满一层……他开口喊父亲母亲，两人皆不回应，似未听见，亦未看见。元伯于梦中乃知此为梦也。隔世一梦，见亦非见，身心顿生荒凉。此念刚起，忽感自己一轻，如一片落叶旋起，被风吹来荡去至山顶之上，天高云淡，山寒水瘦，齐云山全貌一览无遗……

七　齐云山：正着瘟神庙

明朝南直隶徽州府休宁县域有座山，山顶有一石插天，似欲与云争齐，故名齐云。齐云山怪峰峥嵘，奇岩挂壁，幽洞四伏，风景称绝。更有近百座寺庙、庵堂、道观、洞府、书院，镶嵌在层峦叠嶂之中，愈增人文山气。山中凡寺庙、庵堂、道观、洞府，皆香火可观，供奉不缺，独山脚下有座瘟神庙却冷落寂寥，无人问津。

此庙坐北朝南，无碑无刻，何人、何时所建已不可考。亦不甚大，独门独院。门额刻有"瘟神庙"三个拙朴大字。字迹斑驳，山门破败。从山门往下，走四十九级苔藓累累的青石板台阶，是一条河，叫忧戚河。此河是白鹤溪的一条支流。

白鹤溪发源于黟县漳岭白顶山，伏水涌出，活水汩汩，千滴成汪，万涓成流。虽名为溪，却流成了一条大水。有潮平岸阔之段，亦有激流成湍之险；有风平波静之时，亦有猛浪若奔之姿。几十里地流下来，奔至齐云山中，势如游龙盘虎，游来盘去，竟游盘出一幅山水太极图。

太极生两仪：在那山水太极图的阴仪中生出一向阳漩涡，旁逸一条支流，人称休宁河；在那山水太极图的阳仪中生出一向阴漩涡，斜出一条支流，即为忧戚河。那休宁河流向开阔，流出两岸良田和人烟，竟至流出一座城，即徽州府休宁县城。这忧戚河却反向流入狭窄，流入无数恶谷和幽穴，又从山脚吐出，再次奔赴那休宁河的流向。

若是正常年景，一切倒也相安无事。但若遇上洪涝之年，暴雨滂沱，忧戚河变得势大力沉，河流再摧枯拉朽着穿过恶谷幽穴后，不禁泥沙俱下，沉渣泛起，死兽枯骨，再现天日。紧接着瘟疫横行，为祸人间。

不知何年，大瘟又起，人口减员，有那善心之人、热心之士在忧戚河边建造了这座瘟神庙。敬瘟祖，祭瘟神，迎光明，以祈去瘟避疫。说来甚怪，庙成后，齐云山一带瘟疫虽未彻底绝迹，却越来越少，少到这座庙几近被人遗忘。以至于人迹罕至，香火全无。

某岁深秋，一日黄昏时分，山门前的忧戚河摇来一艘小渔船，船上三人，衣衫朴朴并风尘仆仆，为一对夫妇与他们七八岁之儿子。望见庙宇，妻子道："他爹，庙内想来有善心人。咱们借宿一晚怎么样？"丈夫没答话，却将小船靠了岸，系了缆绳。丈夫抄起一根渔叉挑了行李，妻子挎起一个包袱，牵起儿子，三人拾级而上，走向山门。尚未走近，儿子已念着门额上的字问道："爹爹，……神庙？什么神庙？头一个字我不认识。"

丈夫抬眼看去，却是一惊，"瘟神庙"三个大字入眼如钉，刺心拉肺，肩上担子险些滑落，叹道："难道天要绝张义一家乎？咱们快走。"

妻子不解道："怎么说这话来？"

张义放下担子，拉妻子到一旁，低语道："你不识字，不认得这庙竟是一座瘟神庙。这可是天意如此？"

妻子愣住，忖了一会儿，说道："天无绝人之路。若说是天意，是不是就该遇见这庙？我看咱们今晚就借住在这儿吧。"

张义环顾四周，见暮色四合，鸦雀归巢，又听冷风吹动，万树呜咽，知今天已无处可投，遂跟妻子回转到山门前，欲要敲门才发现一把黄铜生锈大锁横挂门前，山门亦爬满干枯藤蔓，门缝中有棵棵野草支棱着，显见得多少年不曾开关过了。

张义悲声道："到今日方知什么是山穷水尽。"

妻子亦搂过儿子，抽泣不止。这时儿子却道："爹爹，娘亲，要进这庙，我却知钥匙在哪儿。"

二人愣住。张义道："元伯，从小教你不可诳言。

庙前更不该说这话。"

元伯指指山门前右下方一个被衰草覆盖的小石凳，说道："咱们家门前也有这么一个小石凳。你跟我娘亲出去怕回来晚时，总把钥匙藏在下边，怕我放学进不了家。"

张义和妻子互相看看，哭笑不得。妻子抚了一下儿子的头叹道："咱那是一个穷家，这是一座庙。不一样。"

元伯却不服气，挣开母亲的手，跑到小石凳前，几把将衰草薅净，又使吃奶的劲儿去掀开那石凳，往石凳底下摸。张义挑起担子，和妻子招呼儿子快回船，元伯却举起一把锈得黑绿黑绿的钥匙，喜道："找到啦！找到啦！这庙跟咱家一样！"张义既惊且喜，忙将钥匙在渔叉上磨掉锈迹，打开黄铜大锁，携妻子和儿子吱呀推门进了瘟神庙。

进得山门，只见一地落叶并无数荒草野茎。张义走了三步，放下担子，示意妻儿停住，然后趁微明暮色打量四周。见有正殿三间，挂耳房一间；东配殿两间；西配殿两间；门房一间。院中有老树两棵。东配殿前是一棵银杏，敦厚挺拔，枝叶纷披，高约五丈，似一魁伟老翁。西配殿前是一株椰梅，苍劲古朴，枝干缠绵，高约三丈，像一慈祥老妪。除门房外，正、东、西三殿乃至耳房均有匾额。正殿曰：瘟祖殿。东配殿曰：五瘟殿。

西配殿曰：光明殿。耳房曰：白特殿。

打量完，张义抱拳作揖，分别向三殿鞠躬，鞠完，恭声道："诸位神明在上。南直隶徽州府黟县白顶山规矩村村民张义携妻王礼并犬子元伯逃难至此，不得已冒昧打扰。若有得罪，恳请饶恕。"又是深深一揖。四周悄寂无答，只有风吹秋叶簌簌而落。夜幕随之低垂下来。

张义从箱笼中取出一支松明点上，左手举松明，右手持渔叉，率妻儿先进了正殿。谁料刚一进门，却悚然一惊，只见松明火光之中，一个面目狰狞、怒发冲冠之人手持利斧迎面砍来。张义一面让妻儿快跑，一面举叉去挡；妻儿虽惧却并未逃，两人发一声喊，妻上前扯住对方左腿，儿扑前抱住对方右脚。张义心中叫苦，欲待拼命，却不见斧落，亦不见人动，只激起一阵尘灰扑面。

三人稳下神来，定睛瞧去，原来却是一尊瘟祖塑像：左手拈须，右手向前，举一似斧非斧之利器，左脚抬，右脚蹬，身体前倾，几欲凌空。妻儿看清，慌得赶紧松了手。张义也长舒一口气，收叉，将松明插到瘟祖像前的香炉中，然后率妻儿在瘟祖脚下跪了，磕了仨头，并告罪今夜先以松明代香烛，明日再果供香敬。

出得正殿，风已经停了，院子草丛深处虫鸣唧唧，更增此庙寂寂；抬眼望去，一弯瘦月斜签山头。张义又点起一支松明，率妻儿进了东配殿——五瘟殿，将火光照去，见是五位神祇塑像，虽经蒙尘，但依然能看出披五色袍；中间一位披黄袍，人躯人面；其余四位分别着青、红、白、黑四色，却是人躯兽面；青者牛、红者虎、白者马、黑者猿；手中各执有物，却因火光不足，看不真切。张义跟妻儿跪下，朝五位神祇各磕了仨头，又将松明往中间香案插了。

三人出来再点松明进了西配殿——光明殿，西配殿却没有神祇塑像，火光照处，满墙都是壁画，画中有人有鬼，有怪有精，你追我赶，各显神通。虽因风化水蚀有剥落腌渍，却气韵生动，目不暇给。就在张义移动松明时，儿子元伯仰头发现，火光消长暗影摇曳中，壁画竟动了起来，一时间眼前人行鬼飞，怪扑精跳，他居然不怕，只奇道："活啦！活啦！"张义忙将松明火把停住，问道："什么活了？"元伯却不答，只痴痴盯着火把定下来后照见的一幅神祇的画像。张义和妻子王礼跟着看去，也不禁呆了。这位神祇处于整堂壁画的正中，不光身材比例较之其他画像要大，最奇处是他眼睛上边还有一双眼睛，是一位四目神祇。元伯伸手指向四目神，道："爹爹，娘亲，他跟我一样哎。也是四只眼。"说着又歪头端详画像。张义王礼互相望了一眼，扑通一声齐齐跪到了像前，不住地流泪磕头。

张义泣道："光明殿，光明殿，想来您就是光明神了。您四目，我儿也是四目呀，他却被人当作'瘟神'！我们就是因这个才逃难，不想逃到了瘟神庙，遇见了您。"

王礼亦求告道："光明神啊光明神，您要给我儿做主啊。"

二人说着拉元伯过来一齐跪了。又磕了头，祷了告，留了松明作香烛，方退出。

三人又去了耳房——白特殿，见殿内一塑像甚怪：马头、骡身、驴尾、牛蹄。三人虽不识，但知既入得庙宇殿堂，定非凡物，一样磕了仨头，留了松明。

然后他们回转到门房，简单清扫收拾一番，摊开铺盖歇息。待父母入睡后，元伯却忍不住又悄悄起来，蹑进了光明殿。殿中香案上那松明火把已燃掉二指，不时有夜风袭来，火焰跳荡，毕剥微响。他痴痴盯着光影中明明灭灭的四目神，八瞳相视，光明交织，一股温热，起于心田；又想到自己遭人厌恶憎恨，致一家三口背井离乡，沿河飘零，不觉间已泪流满颊……

八 规矩村：坐不改名

原来张元伯一家三口乃黟县白顶山规矩村人氏，家中世代在白鹤溪中打鱼为生。规矩村，顾名思义，讲规矩且规矩多；并以一首规矩歌治村：

仁义礼智信
忠孝廉耻勇
温良恭俭让
诚悌勤雅恒

不以规矩，无以成方圆
横平竖直，皆因有准绳
规矩村里有规矩
白鹤溪水向前行

此规矩歌，规矩村人人会唱，精髓在首段的二十个字。这二十字，街头巷尾有碑刻，各族祠堂悬字幅。就连村塾开蒙，不学"三百千"，先学规矩歌。不提那逢年过节、红事白事、开河打鱼——自是规矩齐备、礼数周全——就连那坐席序齿、起房架梁、见面作揖甚或杀鸡宰羊、出门先迈哪条腿（男女又有不同）等都各有说辞。因有规有矩，村中井然有序，风气蔚然，方圆百里，传为佳话。

黟县史上曾有一任主簿叫孔承规，山东曲阜人氏，此人知礼懂仪、敬规守矩，人送美称"礼记大全"。孔主簿上任后听闻规矩村大名，心内不以为然："区区野村，也敢称'规矩'！"待前往巡访后却叹曰："比吾乡礼仪全而规矩大矣！"并题三字，刻于村头石碑："比曲阜"。

若干年后，嘉靖年间，邻县休宁有位县丞叫方万有，喜游山水，好访古村，来游白顶山时访寻了规矩村，一见"比曲阜"三字竟手舞足蹈——盖因当时他正为给齐云山题字发愁。要知那齐云山碑碣林立，妙语丽词早被前人占尽风光，彼时他虽已题了两处：给最高峰廊崖题了"最高峰"，给紫霄崖题了"霞光月色"。但题完自感惭愧，意白无味，不见才华，乃下决心再题一词，以概齐云山之貌。于是来游白顶山破思开想，至规矩村见"比曲阜"三字，脑海中不禁"列缺霹雳、訇然中开"："规矩村'比曲阜'，齐云山岂非'近蓬莱'也！"方万有这三处题字铭刻经数百年风雨，至今于齐云山可览，有心人可前往观瞻。

闲话休提。却说规矩村人名字中亦常含规矩歌首段的二十个字。如元伯父亲，名义。元伯母亲则本来无名，只称王氏，嫁过来后父亲却给她起一名，曰"礼"。此事颇新鲜，村中一时非议四起：

"女人嘛，有个姓就够使了。起名作甚！"

"就算她有个名，谁叫？"

"咱就还叫她'张义家的'！"

"规矩村，不该带头坏规矩。"

"她叫了礼，规矩村的礼没了。"

"人心不古，世风日下。奈何！奈何！"

"规矩不能破，此风不可长。"

村人出奇一致，委托几族长老赴里长家阐明兹事体大，张义应收回王礼的"礼"字。哪知张义也倔，跟里长说此事并无明规实约禁之，民间通例，无禁则可行也。里长无凭无据，只能也"奈何、奈何"了。

村人一计不成，又生一计。甚计？规矩村共有二十九位王氏，除去王礼，尚有二十八位。这二十八位中，有一位男王氏，因大家都叫他王光棍，也算有了名儿，故减去，余二十七人；村人撺掇了这二十七个女王氏理直气壮地结伙向里长请愿。理直处为：恁多王氏甘愿为王氏，她王礼为何不能做王氏？气壮处是：若王礼不做王氏，她们也不做，要求加名，二十七个王氏都取名，那规矩歌第一段怕还不够分的呢！请完愿，又到张义家门前坐地，唱《规矩歌》示威。又不免来了些李氏赵氏周氏们看热闹。一时阵仗还挺大。

张义不以为意，王礼倒怯了，跟张义商量，说这名儿本来也无人叫、无处用，何必惹是生非。张义道："至少总有一处可用。"王礼不解。张义正色道："人总有一死，有个名号，才有个记头。等你百年后，祠堂中、墓碑上，若写的不是王氏，是王礼，后人烧香送钱，阴阳联络，想来不也更便利些？若是王氏，怕你未必收到，即便收到，也未必收全。"王礼听了，觉得甚是在理，这名竟是必不可少的了。但该如何退这二十七位王氏呢？张义对王礼密语了一番，王礼禁不住微微一笑，依计而行，出门来到王氏们阵前，听她们一遍歌罢，万福道："天下一笔写不出两个王字，请各位奶婆、姑嫂、姐妹放过王礼罢。"

王氏们一听，气更是不打一处来，义愤填膺，嚷成一团：

"听听，听听，都自称王礼了！还有王法吗？！"

"放过你，你放过我们王氏了吗？"

"你让我们很难做人哪！"

有个带头的王氏，止住众人道："张义家的，是你该放过我们,你叫回王氏就行了。规规矩矩,我们好好做王氏,都舒坦些。"

王礼道:"如今不是王礼不王礼的事了,是你们若不走,张义就要再给我加一个字,他正在家念叨呢,王礼,字来仪。有个名儿,我已担得吃力,再有个字这该如何是好?你们也帮我拿拿主意。"

王氏们一听先是炸锅,后则六神无主。带头王氏只好将人先解散。再之后则无人再提去"礼"之事,恐再生出一个"来仪"。

九　白鹤溪：双鬼奇谭

张元伯的名字亦是父亲所起："名信，字元伯。"名信，因父亲最重一个"信"字。譬如，村里原本都用菩萨网捕鱼，此为村规民约，后陆续却都改为年网，唯张义家不改。张义有言："村规民约，祖宗所定，众人所议，不可妄动。此为信也。"

里长倒来相劝道："全村既已改网，当知规矩已变。你们家又何苦死守，让其他打鱼人家难堪，让其他村落议论！"

张义对里长叹道："跟鱼，也要言而有信。打鱼，不光是人跟人的事，还有人跟鱼的事，更是人跟天的事。你们要使年网我拦不住，但天有天规，村有村规，家有家规，我们家撒向河里的，必是菩萨网。"

列位看官或要问了："何为菩萨网？"

当时白顶山一带渔民皆用撒网，按网眼大小，又有分晓：网眼三指以上者，为菩萨网；一指至三指者，称年网；一指以内者，叫蝇头网。蝇头网可将指甲大小、未及成长之幼鱼捕起，一向为民间唾弃、官府禁用。然暗使此网之丧心病狂者亦历代不绝。一叹。

白鹤溪上游，多产麦穗鱼、小鲫鱼、黄颡鱼等小鱼，正是一指到三指网眼的用武之地，故白顶山渔民多用年网。取年年有鱼之意。规矩村规矩大，自不与其他村相同，早有规矩："人既思自在生息，鱼亦应从容繁衍，年年有鱼何如年年有余？！古人云：道生一，一生二，二生三，三生万物，故：吾村皆用三指以上之菩萨网。"

此举为其他村落渔民所敬佩。河中相遇，必礼让三分。然不知何时起，规矩村网眼悄然变小，从菩萨网渐次缩为年网。河中再相遇，其他渔民亦不再礼让。唯独见到张义家船，仍以旧礼相待。

尤让渔民佩服的是，四指即算菩萨网，而张义家的网，是六指。六指网，网不到麦穗、黄颡等盛产之鱼，只能网长到二斤以上的鳜鱼、鲤鱼、青鱼等。白顶山渔民以为白鹤溪上游无大鱼，但张义家菩萨网入水，却网网不空。网中两三斤的鱼不说，七八斤的亦屡见不鲜，隔三岔五，还能网起十余斤重的肥美鳜鱼。村中其他渔民，皆无此获，眼热心妒，乃都议论张义家的菩萨网是张义去水底求水鬼下了咒，才有此威力，否则亦早换年网矣。

此论一出，疑云频现。首先大家都想起，张义每次出船打鱼，撒第一网前，都要烧香供果、摆肉奠酒，并有祭词曰："水鬼，吃好喝好啊。"又有人传，曾亲眼看见张义跟一书生模样的水鬼在船中喝酒。何以见得是水鬼？人说那人喝多后跟张义告别，竟不登岸，而是入水遁走，亦不见水花，不是水鬼却能是谁？后多人印证，皆曾目睹张义夜渔时与一来历不详去向不明之老年书生对饮，颇有蹊跷。有好事者来问，张义只借孔子一句话答非所问："人而无信，不知其可也。"

张信之"信"，由此来也。

其字"元伯"，则是另一桩惨烈故事。前文说过，渔民议论张义去水底求水鬼下咒，此论并非无凭，因张义即是一名"水鬼"，下潜至白鹤溪水底不在话下。何意也？古时凡江河湖泊，每一方地面都要有一位水鬼坐镇。做水鬼，一要擅潜能游，二要急公好义。因世上总有落水之人，溺水之尸，沉水之物，若是在静水流浅之处，常人自可救捞，无须惊动水鬼；但若是在激流漩涡，或那深潭密穴，常人不能及处，就必得水鬼下场了。水鬼既有此本领，为何不称"水神""水圣"等吉祥字号呢？古语有示："瓦罐不离井上破，将军常在阵前亡。"俗语亦云："打死都是会拳的，淹死都是会水的。"亦确有不少"水鬼"成了水鬼。水鬼实乃名副其实矣！

是以水鬼中，单身孤寡者不在少数；正常人家往往不愿与其婚配。张义二十五岁尚孑然一身。彼时他父母已过世，更无人张罗；张义也不常回村里，更喜在船上打鱼吃酒，闲听山风水声，呆看日头繁星，也算快活。

是年仲春，有天张义夜渔，忽然风飘飘，雨潇潇，张义进舱避雨，生炉，温酒，啜饮，以驱春寒；舱帘一挑，却进来一老者，须眉皆白，六十岁许，方巾襕衫，脚蹬皂靴，一副秀才打扮。他手提一根水草，水草上挂着一溜麦穗、黄颡和小鲫鱼，开口说话，牙齿犹自打战："独饮莫如对酌。讨碗酒暖暖身子，张义兄见怪否？"

张义喜道："正愁孤独荒寒。哪有见怪！您快近炉前向火。但不知您老人家如何识得我张义？"

老者坐到炉前，一面递鱼给张义，一面淡淡道："你我早有父道，其后便知。如此雨夜，何不先饮个痛快！"

张义斟满一碗酒递给老者，道："您且先喝，我来做个'出水鲜'。"说罢，却并不打整，而是连水草带众鱼盘进一口铜锅，舀上两瓢溪水，倒进半碗黄酒，掰了几块生姜投里，扣上锅盖，置于炉上，并将炉火捅旺。

老者看着，赞道："懂鱼。"

张义将剩下半碗酒与老者一碰，两人一饮而尽，张义将空碗一亮,道:"我也懂酒。'十里香',喝了熨帖!"

老者亦将空碗一亮:"既如此,那就把你舱底那三坛'秋露白'请出来吧。你我一醉方休。"

张义愣道:"这您老竟也知道?"

老者笑而不答。

话说这张义平素独自一人,善饮,又好客,酒缘具足,故总在舱里备五坛酒。这五坛酒常喝的却只有两坛,是白顶山一家酒坊酝酿的黄酒,有个名号,唤作十里香。另外三坛秋露白却极少喝,只在除夕、清明、中元、中秋这四个节令或有贵客才开。这却是为何?酒价不菲兼来之不易也。要知这秋露白乃产自山东济南的名酒,以小麦制曲,以高粱为"肉",色纯味烈,深沉蕴藉;因秋露后烧制,故名秋露白。原先张义对此酒也只道听途说,但有一日喜闻下游休宁县"千货全"杂货铺进了此酒来卖,便驾船去买了三坛,竟耗去半月打鱼所得,着实也有些肉疼。但一品之下,又满心欢喜,此酒入口,浑身攒劲,四体通透,喉韵悠长,果是名副其实。

此酒虽珍贵,但张义素不吝啬,更不多想老者何以知他底细,径自把三坛酒搬来炉边。两人当炉豪饮。一坛酒喝完,锅中鱼汤咕咕嘟嘟,水汽簌簌噗噗,锅盖瑟瑟窣窣,张义掀开盖来,鲜味扑鼻,香气满舱。两人下箸就鱼吃酒，下之更快。夜雨春寒中，竟还沁出一身轻汗。第二坛喝罄，二人业已微醺。张义启第三坛。老者忽然问道："你可有成家心思？"

张义又斟满一碗酒递上，讪讪一笑道："您老既知我名，又知我酒，当不会不知我是个水鬼。水鬼要成家，石头能开花。难呀。"

老者道："石头开花，也是常事，只你不知而已。"

张义道："听您老话里有话，可否明示？"

老者道："从此地往下五里右拐，有个汊湾，你可知道？"

张义道："知道。叫老鳖湾。无船人家常去那儿下网使叉弄钩，打捞些水产。"

老者道："老鳖湾左近有一贫家女，父亲病重，无力延医，她思谋捉只鳖来煮汤补气或可有救。明日午时二刻，她来湾边，使腥下钩，不想却钩住一只百年老鳖。老鳖力沉，拖之不动，此女一个趔趄，坠足入水，可叹不识水性，就此一命呜呼。"

张义听得发呆，面露疑色。

老者继续说道："此鳖寿数未尽，别说一瘦弱女子，即便蛮夫壮汉亦不能起获。它之后又活三百余年，共四百多岁阳寿。此为闲话，不必多提。却说明日，你提前赶去，女子落水后，你跃入水中将其救起。她知恩图报，可嫁你为妻。"

张义愈听愈奇，竟至忘了倒酒。老者自己倒上，又给张义斟满，问道："你可是不信？"

张义心下茫然，老实答道："不敢不信。只是您老所说，实在离奇，我实在不明所以。"

老者望向舱外，风已停，雨亦止，月照远山如画，溪水如银。粼粼波光中，传来一片鱼儿唼喋之声。

老者回转头来，满饮碗中酒，叹道："事到如今，实不相瞒，我也是一个水鬼。"

张义道："您老这是说笑了。三年前发大水，下游桃花渡决堤，白鹤溪上下十三个水鬼齐聚堤口救人捞物，不记得有您老。更何况，自古至今，水鬼多穷苦汉子，哪有秀才来做的道理。"

老者惨然一笑，令张义目中一寒。

老者叹道："你这水鬼是假的，我却是真水鬼呀。"

张义悚然一惊，看向老者，见他装束虽如寻常秀才，但确有一股恍惚缥缈人形如影之感，不禁嗫嚅道："我这假水鬼有眼无珠，对您老多有冒犯了……"

书生摆摆手，径自斟酒，啜饮，碗盏起落间，将一段故事娓娓道来：

  我姓聂，名融，字元伯。生前是一名士子，资质禀赋尚可，县试、府试、院试一路考来，二十

九　白鹤溪：双鬼奇谭

岁中了秀才，开始应乡试。但没承想，一直应到六十六岁未中。应到家道中落，应到父母双亡，应到一生未娶，应到死于非命。

六十六岁那年孟夏，我动身赴京应试，走过几程陆路，体乏神困，脚力绵软，遂向白鹤溪而来，欲取一段水路。到一岭下，叉出二道，一道直上，一道平绕；各有界石刻名，上岭道名曰"快活岭"，绕岭道名曰"慢三日"。两名耐嚼。走何道我意不决。

走来一樵夫，我拉其问道。樵夫伸指曰："什么耐嚼不耐嚼，快活岭就是快嘛，不用半日，翻过岭去就是河。"我顺他指看去，果见岭后水汽弥漫，白云如鹤。我心暗忖："明了矣！慢三日者，比快活岭慢三日方到之道也。"定睛瞧那快活岭之道，台阶扶栏，溜光水滑；而那慢三日，荒烟流布，蔓草有加。可叹世人多求快而避慢也。

再三思量之下，我亦从俗，弃慢就快，鼓起余勇，登上快活岭。岭上风光浩荡，纵目下视，见左手绝壁百丈之下，一条大水流得湍急，波浪似刃，涛声如雷。正自欣喜，待要举步下岭，旁边一老树上却忽跳下一年轻蒙面山贼。山贼持刀，刃如波浪，吼声如雷："留下身外物，快且逃命去。"我语之曰："天可怜见！我无身外物，且放我过去。"山贼更怒,持刀上前,劈手夺我箱笼与腰间的盘缠。我与之厮斗一番,终因老迈败下阵来。山贼只为劫财,倒不杀我,竟与我大讲道理,命比财贵云云,以让我舍财下岭。我对其曰:"你劫我财,即害我命。"说完我纵身一跳,跃入波涛,丧身在白鹤溪中。欲一了百了。

但我却未能料到,纵身一死,只跳出人世,却堕入鬼间,并未解脱。这自杀之人,业力难消,不能入胎,一为水鬼,死不如生。却也并不是完全无法可想,水鬼往生,道路有二:一静待业满;一自找代者。欲待业满,唯有苦熬,业满后有自然溺水之新鬼来代;等不及业满,欲自找代者,即须拉人坠水。故所谓代者,即替死鬼也。我一生执念于举业功名,不事农桑,不谋营生。于双亲,未能尽孝;于自己,未能尽兴。故宿业深重,长夜难明。若想尽快往生,只有作恶,自找代者。然我自小随父母礼佛,曾于佛前许一心言:"害人之念,决不生起。"作恶一路,原早断矣。索性来之安之、顺之受之。

初为水鬼,惶恐孤独。尤其那风雨飘摇之日,大雪漫天之时,凄凉钻骨,冰冷透心,蟹撞鳖咬,草缠蛇缚,万千苦楚,难以尽诉。却没想到,自忖不走代者之路,决意安之顺之以后,忽有一注天意如瀑，自囟门飞流直下，百转千回，此意任万意，可化为热，化为力，化为光，不再惧冷，不再恐慌，不再怕黑。然我终究脱不出这水底幽暗密闭世界。只时见有人落水，或有物沉底，水鬼潜入，我方得窥一点人间消息。你做水鬼之后，每次下水救捞，我皆在旁。曾有其他水鬼打你主意，看你孑然一身，死无牵挂，欲以你为替死鬼也，被我驱走。

你或要问，我为何助你。只因你每次打鱼下网之时，都以酒食祭我飨我，使我得存。否则亦无今夜我来见你之理。都知做人不易，岂知做鬼更难，若无人祭，便自要死。鬼也会死，是我做鬼之后才知。

也因鬼有死期，故致恶果环生。曾有一男水鬼，生前心地善良，为人厚道，外出行商时翻船落水，只因家人不知他已死，无有祭飨，故此鬼饥饿冷寒交叠，很快死期将至。鬼死之后，不再入六道轮回，为鼙，为希，为夷，此为天维连环灭劫：三去二，二去一，一去道，道去无，无有去无，无去无无。本来此鬼如我一样，尚存光明一念，不想找代者害人性命；兼之他宿业轻盈，不日可消，往生可待。却只因无祭，陷入绝地。故此鬼心有不甘，终成恶鬼，觅一代者，投胎再入六道了。殊可一叹。更可叹者，此鬼死不择路之际，所找代者，为一撑船采莲之渔家女，正豆蔻年华。此女为鬼后，家人倒时有祭、节有奠，奈何此女无名无字，家人所奠之物，在阴间无印无凭，故人人，不，鬼鬼可取。可怜她幼小年纪，既为水鬼，又成饿鬼，很快亦死期将至。她眷恋父母，难舍六道，遂为水中恶童，拉一桥上过路酒鬼为替死鬼往生了。南无阿弥陀佛。

若非你那连续祭飨，我亦难存，早已入天维连环灭劫。更不会有后来一番神游之壮阔经历。张义老弟，长夜难熬，我且就最后这半坛秋露白与你说一说我那神游之事吧。说完此事，也不耽误你明日救人觅妻。来，给我倒满。秋露白，端的好酒！入喉生津。

话说我与因一念光明得之的那注天意周旋既久，便自生出一个念想，可否化用此意，冲破封印，走出幽暗水底，再睹人世风光？你或许听人讲古，说水鬼可随意上岸与人往来，那纯是无稽之谈。水鬼之苦，在于没顶之灾，不得出水。若能出水，须殊胜因缘。

我以气驭意，化意为光，为热，为力，欲挣脱上岸，水却如压，如束，如拖。有次我右脚已踏岸边，只左脚还在水里，却被一簇浪花咬住拖回水底。那时我才觉一滴水，可贯通世界所有水，源源不断，滔滔不绝，是一具有形又无形、无时不变幻之庞然巨兽，却又无头无身无尾。

人至老迈，百无可取，唯耐心十足。我苦思冥想，以求出离万水之路。一日我盘坐一棵水草下默诵《老子》，诵到"道冲，而用之或不盈。渊兮，似万物之宗。挫其锐，解其纷，和其光，同其尘。湛兮，似或存。吾不知谁之子，象帝之先"时，眼角忽有泪珠盈出，心念突闪，我竟离躯出窍，化意入珠，又随泪珠融入水中，透明柔软，载沉载浮，一念再起，动如涟漪，思通万里，万千浊气块垒，弭于无形……

张义老弟，那刻心情，实难形容。虽非究竟涅槃，却真乃大欢喜之境。我先是随一朵鲤鱼吐出的气泡浮上水面，又蹿跳于浪尖涛头之上滚滚向前，念动意飞，凌空蹈虚，绵绵若存。但初次出行，不敢致远，跑出百里路后我即掉转念头，附在一艘船后的縠皱波纹、橹声光影中逆流而上，吟咏而归……来，你我浮一大白，痛快！痛快！

其后我则常起心动念，离窍出行，一发而不可收拾。其间种种，无人与语，时感遗憾。正如摩诘居士所云："兴来每独往，胜事空自知。"有一次壮游，我先是随浪头翻涌，行尽白鹤溪，汇入了渐江；中途又跟兰江汇合，奔进钱塘江；之后顺势而下，随钱塘江大潮注入东海。

在溪，在河，在江，我只觉波翻浪涌，喷珠溅玉，好不畅快；一入海，却猛地一沉，顿住了。四处似皆可去，却又似无处可去。海实乃大矣！为水之远方，亦为水之故乡。我随海浪漂流，很快不辨方向，已难返来时水路。我镇定意念，索性下潜，欲作海底一游。

我虽是一念，无有身躯之累，下潜却殊为不易。起初尚可随各种大鱼小鱼的水痕往下，沉入不知多少寻后，却不见再有鱼虾，亦不见其他活物。此时之黑暗荒凉，可恐可怖。但我决意下去，攀缘住各种水珠波纹，终至海底。

海底漆黑无音。我几近碎裂，似乎整个世界的大水都压在我这一念之上。但出人意料，我突感水流微振，海底竟有鱼出没。我忙凝意念，游入此鱼呼吸，由它腮中入其眼底，想借它之眼一窥究竟，惜乎此鱼虽有眼，却无珠，不能视物。只懒懒游动。正自遗憾，突见一荧微光，既惊且喜，细瞧乃是一尾扁平如削之鱼，瘦骨嶙峋，闪亮如灯，堪称灯鱼。我在盲、灯两鱼交错间，借盲鱼呼，入灯鱼吸，并随之游弋，海底世界，方徐徐展在眼前。

老弟，或许会让你扫兴。因那海底世界，说来竟平淡无奇。跟陆地无异。也有平地缓坡，也有深谷裂缝，也有一架比一架更高大的山岭。此等事物若在陆地当也可观，于海底却觉寻常。最奇处倒是遇见一艘沉船，随灯鱼游进，端详是宋朝物事。木裂板朽，船舱倒覆，淤泥海草中散落无数精美杯盏瓶尊碗盘，亦有白骨骷髅，缀于其中。想是汝窑官船。见一玲珑茶盏，盏身有字，瘦金体也，若龙若蛇，曰："雨过天晴云破处，这般颜色做将来。"爱不释眼，我即伸手去取，才觉没有带手出门；即或带手出门，却又不能来至此地。念及多少工匠心血，火烧土结，沉睡海底，成器不易，却已成弃，不碎不用，幸也悲也？"大都好物不坚牢，彩云易散琉璃脆。"老弟，若此刻你我手中土窑碗换海底汝窑碗，秋露白当更感物润人也。

入灯鱼身内后，我觉压力顿减，才觉此鱼身形扁甲修长之理，不由叹造物之奇迹。正自随灯鱼游逛，看能否遇见水妖海灵等同道中物，不想突然一黑，原来是灯鱼被一利齿之鱼吞噬撕裂，火牙穿我念头而过，虽不能伤我，却有刀劈钉刺之痛，想是此乃灯鱼之感入我之念，始知鱼有痛感此说非虚。刹那之间我忙随灯鱼血水溢出鱼之利齿，顿感重压又来，意念似要迸裂，再不能支持海底存身，我急入一股摆动水波，盘旋上升。

下来甚难，上去却易。风驰电掣，意动如

飞。急急上升间，忽然横游来一片明晃晃密麻麻慌乱虾群，裹我于其中，未及逃脱，一张山谷样大口昂然而来，将我连同虾群吞入，入腔入腹，入一片蠕动腥臭之幽闭黑暗糜烂肉阵，我正想此命休矣，却忽跟一股水柱被激烈喷出海面，三五丈高，散成雾列，疾若星驰，阳光密射，玉成一瀑彩虹。惜乎无人得睹。于彩虹中，我见蔚蓝晴空下、湛蓝海面上，隐现一头巍峨青灰色鲸鱼，劈波滑浪，庄严孤独；它啸出尖锐长音，又吐出低声嘶吼，音声相和，前后相随，沿海浪层递向远，久久不绝。其状之肃穆苍凉，仿若存在已有亿万年之久。电光石火间，我忽悟到，六道轮回之外，确有不可言说之妙在。

说时迟，那时快。一念闪过，即又跌入水中，陷入茫茫，不辨来路，亦无去路。四面八方全是水。水和水推来搡去，我于其间沉浮。此非长久之计，我思谋对策。一日，见一大鸟半空盘旋，正寻鱼捕食。我打量此鸟，"色苍而喙长"，曩昔读宋人笔记时，曾见此描述，知其名曰"信天缘"。我意动念发："信天缘？莫非此为神兆？何不随喜它一回。"主意打定，意随念转，盯准这只信天缘。

信天缘盯准的，却是一条墨鱼，我忙即附于墨鱼身上，才惊觉墨鱼正被一头海猪追击。墨鱼危而不乱，疾行间连换红、白、蓝、紫、黄等数种颜色，如有变身法。却未能摆脱海猪，反而被逐近水面，逃无可逃。我正为墨鱼捏把汗，却见它鳍开须张，如弹似射，跃出水面，海猪下边张开大嘴，墨鱼却不掉落，竟能在海面上飞行。

信天缘见时机已到，拍翅俯冲而来。墨鱼见状，竟不避让，只在信天缘近身时，才喷出一团墨汁，污了它眼目；同时鳍摆须摇，折身飞出丈许钻入水下。我以为墨鱼已脱身，谁知那信天缘被泼墨之后径直冲入海水，墨汁尽洗，眼目再明，怒而追来，翔潜两丈余，其势不衰，竟比墨鱼迅疾。我大骇，鱼非鱼，鸟非鸟，若我生此处，不知死几回矣。说话间，信天缘已啄住墨鱼，翅扇羽摇爪蹬，将之带离水面，直上青天。我亦附念于信天缘羽毛之一滴水渍中，随其高升。

上升间，信天缘已将墨鱼吃干吐净。我以为信天缘会飞向岸边，我亦能随之找到方向。谁知信天缘却于空中展开翅膀，扇也不扇，只随风平平移动，好似睡着一般。好一只懒懒的大鸟！我于空中看去，虽更开阔，却亦只是一片茫茫。此时日头强烈，炽热袭来，我见羽毛上各处水渍渐干，已无存身之处，情知不妙，索性等死。水渍全尽时，我意念一空，觉得暗了一下，却并没死，反而如大梦初醒，只不知是在何处。再看周围，一片白连着一片白，白跟白推来搡去。但是异常舒服，如儿时母亲新絮的雪白棉被，舒服到可以打滚。我打滚向白的边缘行去，啊，难以置信，我原来跟随水渍被蒸而入云了。真乃"行到水穷处，坐看云起时"！快哉美哉！摩诘居士诚不我欺！抑或跟我同有此遇也。

会当白云顶，一览八方小。入得白云，才发觉行至高处，无须寻路。什么北直隶、南直隶，什么山东、山西，什么泰山、华山，什么白顶山、齐云山，什么钱塘江、白鹤溪，清清楚楚，明明白白，不必寻找，去就是了。我在白云间穿梭，行到白顶山上方，跟随一场绵绵细雨落入粼粼白鹤溪，回到旧我之身。

老弟，之后我愈加狂野逍遥。我随流风回雪去过天极。天之两极，一南一北。南北天极皆阒寂无人，亦无鬼，神之有无不得而知。但岸上水中，活物甚多，狐豹枭熊，海雀水獭，纯白赤红，惨绿青灰，不能一一细数。在北天极，我曾被不断变幻的冰山吸引，沉迷不知归路，被封入万年冻川，半年方穿冰逸出。在南天极，我进一漩涡，以为可通地心，谁知那是一个迷宫，如民间所云"鬼打墙"。我本为鬼，却亦不能穿透"鬼打墙"。无论如何进去，终究会如何出来。

还有一日，一只雄鹰入水捕鱼的时候，我随飞溅的浪花入其喙而游进其眼，随其飞入高空。我凝神入念，随鹰眼四下看去，大惊失色，差点魂飞魄散。老弟啊，老弟，你万万想不到，即或你想到了，你也万万不敢相信，方圆百里之内，鹰眼看得那万物清清楚楚、明明白白。哪只兔子睡在窝里，哪条蛇行在草丛，哪窝蚂蚁在搬家，哪条鱼靠拢水面。纤毫毕现，一览无遗。想那主宰之眼，亦不过如此耳。原来鹰无须寻觅，只需选定。我看得又震撼又惊喜，原来眼和眼差别如此之大，云泥之别；我看得又恐惧又难过，原来世间万物无处藏身，在劫难逃。跟鹰眼比起来，人眼只能算盲。又想鹰眼之上，必有更大的鹰眼，不禁浑身觳觫，莫名惊惧。正是那一刻我忽发奇想，想能否离开目下所处世界，大往彼岸，或曰更大更远世界。

想至此处，我从鹰眼中逸出，凝进一团微薄的水汽，飘入鹰背之上又白云之上的千万仞虚空。初时甚快，愈来愈慢，飘至一带混沌气象，水汽不能再升，亦不消失。我向外望去，一片空黑，却无比神往，因能感受其深邃辽阔、至大无外，知我未见彼岸只因我没有鹰眼、慧眼，但即便如此亦知那黑之彼岸必有五光十色。我拼尽全力往那空黑而去，但我如泡沫浪花翻卷于汹涌的海面一样，将飞而不翔，无法再向上一步。原来世界各有封印。我能作如此神游，已此死不虚。

思忖间，我掉转念头回望，又自竦然，因见蔚蓝一球，通体浑圆，凌空蹈虚，孤独旋转。我曾于那球中生死，却将不再于其死生。镜花水月，梦幻泡影。念中一酸，突然想大哭一场，可惜身未带来，无泪可流。悲夫！士子间本有密论，觉天圆地方一说或有谬误，今睹真景，却不能传，此正是盈盈一水间，恨恨不得语。叹夫！

自此之后，我不再作逍遥游。更钟情于饱尝世间况味。我曾在一座池塘里待了两月，只为等我喜欢的一句诗："池塘生春草，园柳变鸣禽。"还曾随水滴去击过石头，想看"水滴石穿"。我去过很多人的眼泪，或滚烫，或冰冷，或酸楚，或喜悦，当然，也有一些泪没有味道和温度，是假的，仅是挤出的水而已。比泪更稠的是血。我随水入血，贯通人的身体。先由口入心，再由心飞流直出，遍达四肢。人之五脏六腑，极像大地上的山川河流。我随血流攀上头颅，想转一圈就走，谁知颅内却是另一个大千世界，无法穷尽，不能究竟。当然，颅内之大千世界亦各有不同。有人颅内如灿灿银河，有人却如荒漠永夜；有人颅内电闪雷鸣、火树银花，有人却只有闷闷雷声、点点微火。我曾入唐伯虎头颅之内一窥堂奥，那真可谓辽阔绚烂，引人入胜。他颅内星河明月，长风浩荡，刹那间可斗转星移，瞬息万变。道道闪电凌空，可任意连接；条条大路小径，纵横捭阖，四通八达。其颅内有画室诗洞，我于其中得览许多唐伯虎思虑许久却未画之作、未写之诗。虽唏嘘感叹，却大饱眼福。游历过数十个头颅之后，我知古人所说"心主神明"一说不确，并极疑彼岸在颅内。我在颅内游历时曾以为找其边界不难，谁知西瓜大如许头颅之内却无边无界。老弟，你或要问我如何出来。初次进时，我亦慌乱不已，因此地亦是"至大无外、至小无内"，所有路都不通往来，亦不通往去。后我忽然生出一念：不思来去、上下、内外。念刚生起，被一股血流激出头颅，复归于心，又凝于一股冷汗，沁肤而出。

老弟，世间不只有况味，还有滋味。我随水成过醋，酸到我有半个月意念如一团软泥，聚不成识，达不成意；还成过芝麻油，懊悔不已，因太黏稠，极不清爽。我于油中挣扎了三五日才得以脱出，若意念能炒，至今我还是香的；最妙莫过于成酒。米酒上心，果酒上头，白酒上肝，黄酒上腿——喝多了腿酥如泥。东阳酒，金盆露，麻姑酒，绿豆酒……各种酒我都进去驻过。以秋露白醇香浓烈为最。此正是醉里乾坤大，壶中日月长；痛饮狂歌空度日,但愿长醉不愿醒……

日月如酒,亦如梭。一日我忽感不适,意滞念重,知鬼身渐衰,距死期已相去不远。老弟或有疑惑,不是有你这份供奉吗?有你这份供奉不错,但一份哪够啊。不过也正因你这份供奉,我才得支持到今日,你我才有这缘分。老弟,还有酒吗?好,最后这碗给我倒上!

实不相瞒,老弟,今夜于我实在太过殊胜。真可谓悲喜交集。悲在今夜是我鬼生最后一夜,到明日午时三刻我即成罄;喜在这为鬼的最后一夜我竟业满,可将往投生。说到这儿想来你已明白,明日午时三刻那钓鳖坠足之贫家女正是接替我之新鬼。生死轮回,系于一刻。实在是千载难逢。

"啊!巧啦!"痴痴听着的张义终于禁不住发出感叹,又道,"这我是不是该向您道喜啊?"

聂元伯缓缓道:"非也。因我不欲投生,故让你去救她为妻。"

张义急道:"老先生,不,老兄,这却是为何?您是想报恩于我吗?那实在算不得什么恩,其实我并不知世上有没有水鬼,只是习惯而已。您既已业满,合该投生。您不也说了吗,千载难逢啊!"

聂元伯道:"千载之于轮回,亦是一瞬。我神游恁久，见识已超恩因怨果，不往生实与你无关。只因我知，再入六道，亦是循环，若得究竟，尚有漫漫时日。逍遥四海八荒之时，我曾有一思：由鬼至聻，至希，至夷；至无声，至无形，至无无；此完全寂灭，或是另一洞口呢？解脱六道，得大究竟，亦终非究竟；我欲入灭，入那无穷、乌有、乌黑之洞口，不管得何，都可得真。真，非真理，非真相，非究竟；真，不可再降，不可再解，不可再分，至大无外，至小却可寻内。此真，非去那黑洞不可得之。故我今天来此，与老弟痛饮，实非报恩，反是有求于您呢。"

张义更摸不着头脑，小心道："老兄，我不知是醉了，还是怎地，越听越糊涂了。不知这话又怎讲？"

聂元伯道："拜托老弟明日午时三刻定要救下那女子。若救下，你有妻，我入天维连环灭劫去寻真。一举双得。若你不救，你一生孤独无依，我投胎重入六道。两败俱伤。"

张义茫然如醉，不知如何作答。

聂元伯又道："若你救下她，我从聻至希至夷尚有一段时日，当能喝上你们的喜酒。兴许还能见到你们的孩儿。"

张义一震道："我们的孩儿？"

聂元伯点头，又郑重举碗问道："张义老弟，我之所托，你可应之？"

张义忙举碗,慌道:"应之、应之。"

聂元伯道:"一约既定,千山无碍;一诺既出,万年无阻。老弟,谢啦。"

说着仰头饮完最后一碗酒,跟跄着站起,走出舱外,站到船头。张义跟出,欲要近前相扶,被聂元伯止住。二人环顾四周,已近夜中,山岚流动,风烟漫起,天色苍苍,人世茫茫。聂元伯忽然开口唱道:

在昔无酒饮,今但湛空觞。
春醪生浮蚁,何时更能尝?
肴案盈我前,亲旧哭我傍。
欲语口无音,欲视眼无光。
昔在高堂寝,今宿荒草乡。
荒草无人眠,极视正茫茫。
一朝出门去,归来良未央。
归来良未央、良未央……

歌声悲凉如雾,却又坦然如水。张义正听得心旷,忽见船头一袭轻雾飘过,只刹那迷蒙,聂元伯已自不见了。张义吃惊不小,忙到船头去寻,波静水平,无有踪迹。歌声却依然缥缈于耳畔。这时河面上雾翻气涌,腾驾而来,如絮如棉又如缠如绵,张义只觉如醉如幻又如入云端,疑是一场大梦。待转回船舱,却真切瞥见半炉残火、两只空碗、三个空坛;残汤剩骨,犹自温热。浓雾涌进船舱,歌声渐杳。张义呆坐良久,不觉时移。及至猛然回神,已是晨光高照。耳旁鸟鸣啾啾,水流淙淙;眼中两羽白鹤,优游碧空。张义恍若隔世,酒意早消,睡意更无,遂收拾船舱,洗脸挽发,摇橹拨船,向老鳌湾而来。

十　白鹤溪：一罾大战一目五

到得老鳖湾，离午时三刻尚早。张义系船靠岸，仰卧船头，一时不免胡思乱想。先思："水鬼老兄所说真假倒在其次，即或为真，脱胎往生，本循六道，我横加插手，岂不忤逆天意？"又思："照水鬼老兄所说，不为报恩，亦不可信，还是因得我之祭祀，存身良久，故编一说辞，予我一妻，两不相欠。我之祭祀，本是随手无心，岂可受此大恩？"又三思："贫家女子，行孝失足致死，殊为可怜。救，违六道；不救，违心道。不救，可让老兄投胎往生；救，老兄天劫灭矣，我得一妻耳。不，还得一孩耳。不，某垂死之父还得一女耳。救且不救？棘手棘手！"而后再想："水鬼老兄既让我来，他亦必在此地。虽一面之缘，但一见如故，怎可眼睁睁见他入灭？虽我应了他一句话，但慌乱之下，可算许诺？更何况，贫家女子虽死，但实为入六道轮回，可谓不死，古人有言，'早死早托生'，再轮回于殷实人家，岂不强于现今；水鬼老兄则不然，一死即百死千死。救贫家女子亦只救其百年，救水鬼老兄可是挽其千年万年。救即不救，不救即救。救且不救？棘手棘手！"

张义正浮想联翩，忽听人语："这不水鬼吗，怎地在这儿？"不禁一震，猛地坐起，见有二人站于岸上。张义四下张望，不见水鬼，忙问曰："水鬼何在？我怎不曾看见？"

二人大笑，指向张义道：

"说的就是你呀。你昨晚喝了多少，醉成这般？"

"不记得自己是水鬼了？"

张义忙向二人拱手道："夜来醉得厉害。一时糊涂了。酒要喝，水鬼也辞不得啊。"

二人笑着，又问："那今日前来，可是捞物？"

张义顺口答道："非为捞物。特来救人。"

二人又成丈二和尚，劝道："水鬼兄弟，这里哪有人可救？你醉得厉害，我俩也会摇橹，愿送你回去。"

又道："无须酬金。给条鳜鱼就可。"

张义忙道："宿酒已醒。不劳二位担心。我只想昨夜风雨交作，今早又露滑雾浓，我特来看看，以防有那捕鱼钓虾不慎失足的。"

二人看看张义，狐疑地走了。

闲话少叙。近午时三刻，果然匆匆走来一女子，背一柳条筐，拎一钓竿，补丁满衫恰如其愁云满面，但浑身上下却是干干净净、清清爽爽。张义再不及细想，上前拦住女子："姑娘请留步。今日石滑坡险，改日再来钓鳖吧。"

女子愣道："你可认识我？"

张义摇头道："不识。"

女子目光警惕："那你怎么知道我来钓鳖？"

张义瞥向女子手中钓竿："竿粗嘛。"又指指竿上挂着的两串蚂蚱，"什么鱼会吃蚂蚱？鳖爱吃嘛。"

女子指指湾边上几处人等："你怎么不去劝他们？"

张义却回答不上来，只道："姑娘，我是本地水鬼张义。一时跟你说不明白，但你要信我才是。"

女子却难得地展眉一笑，万福道："原来是水鬼大人。您既是水鬼，我在此行事那不更是万全？！本来还不敢到水深地方去，现下好了，有您在，我得去最深那块儿，老鳖湾有只鳖精就住那儿。"又自言自语道："我爹有救了！不知我这筐装不装得下那鳖精。"

说罢又道了一个万福，才绕过张义快步走向湾边。张义急忙跟上，见女子走到湾深处岸边一斜坡，下筐上饵，抛钩入水，定睛瞧着水面上的浮子。张义近前问道："你叫什么？"女子道："我没有名字。"张义还想劝阻，女子止住道："别惊着鳖精。"说话间，浮子一沉，张义心里一紧，有鳖上钩。女子眼疾手快，忙收竿回线，却被拖得身子一倾，一头栽了下去。张义叹息一声，甩掉外衣，一头扎进了水里。

午时三刻，不差分毫。

后女子果然嫁与张义，即王礼。兹不细表。却说婚后，张义与聂元伯相交甚笃。每次夜渔，二人必于河上对酌。成鼍后，聂元伯与做鬼时看上去变化不大，但更显飘忽。有时会突然闪一下，像灯灭又亮起。说话时，有嗡嗡旋音，如山谷回声。初时张义以为自己眼花耳聋了，后来知是鼍隔世两层，形声传递不畅。又想到聂元伯必将成希乃至成夷，不免悲伤难过。乃更舍得出手买秋露白。聂元伯倒不推却，直言除秋露白，其他酒已难入喉。当然，聂元伯也并非不付酒钱，付酒钱的手段亦很别致，即将若干大鱼赶进张义的菩萨网。乃至张义起网，与白鹤巡天一样，成了白鹤溪一景。逢节遇令之日或踏春赏秋之时，许多人前来围观。网一出水，青红黄绿灰白等各色大鱼济济一堂，摇头摆尾，水花四溅，赏心悦目，围观人等一片爆彩。亦有人岸边支起炉灶，买张义一尾鱼，就地做一道"出水鲜"。鱼肉之鲜美，汤头之醇厚，难有匹敌。张义的鱼也无须再到集市去卖，休宁县"千货全"铺主孟掌柜派一个伙计驾船候在白顶山码头，待张义收船，直接就在船板上银货两讫。有时也以物易物，三坛秋露白易六条桃花鳜。白顶村人无不眼热心妒，牙根发痒。

网起网落，日子如水。一年多后，仲夏，张义与王礼生了一儿子，即张信。张义王礼本自喜悦，却不想孩子睁眼，竟双目重瞳。一时又转喜为忧，惴惴不安。消息传出，全村沸腾，里长应村人请求，延请数位高人术士究此异象，高人术士高矮胖瘦不一，断语却如出一辙："此孩童者，灾星也。不宜养大。此灾何来？因水鬼张义，去年救下一女子并娶之为妻，使得白鹤溪白顶山段现役水鬼不能投胎往生。水鬼故施恶法，降一灾童与张义夫妇，专此报复。此灾童主瘟，不但祸及家人，更将殃及全村乃至镇县州府。欲解此灾，须将灾童于其出生之第七日午时三刻祭入水中做替死鬼，使那现役水鬼往生。不然将引来大瘟横行，尸横遍野。"里长并几族长老议定："此事涉天下苍生，祭典势在必行。"全村又按规矩除孩童外签字画押，无不同意。里长一面请高人术士于河边搭台作法，准备祭典，一面将结果通报张义夫妇。张义抄渔叉欲与村人拼命，被王礼拦住。两人又欲携子密逃，或寻机报与官府，无奈房前屋后、巷口村头都已有人把守。别说逃走，就连去河里打鱼都已被禁。故张义想趁夜渔时找聂元伯商量的想法也落了空。张义夫妇万念俱灰，无计可施，只待第六日夜里将自家草屋一烧了之，一家三口死在一起罢了。

第六日入夜后，滚雷阵阵，闪电烁烁，风来雨起，飘飘潇潇，远近夜幕，如泣如诉。张义一家于卧房内依偎成团。张义眼含热泪，左手搂住妻儿，右手持一支松明火把，肝肠寸断，只待五更，一了百了。这时窗棂承雨，窣窣律动作响，似有人敲。张义心里一动，起身开窗，雨滴成群，袭来脸上，其中一滴，扑入眼中。随之聂元伯声音传出，气喘吁吁道："义弟，我来矣。幸好未晚。"

张义道："兄长，我等你等得好苦哇。"

张义突然自言自语，吓得王礼将儿子抱紧，急待要问，被张义手势止住。

张义道："兄长可知……"

聂元伯截道："我已知。前几日我欲前来与你相商，奈何突然陆续侵来百余名水中恶鬼与我缠斗。都是听说此处有沰童祭祀，前来寻其做代者或飨物，故想将我制伏。到今夜我才将他们全部驱走，便即赶来。"

张义道："明日如何是好？兄长可有什么法子？"

聂元伯道："明日你只管将孩子交由他们。愚兄自有分晓。"

张义惴惴不安，嗫嚅无言。

聂元伯道："义弟，放心。我自会保孩子周全。"

说罢，感觉张义眼泪如磐，故又郑重道："一约既定，千山无碍；一诺既出，万年无阻。"

张义泣道:"兄长,拜托了!"

说着,一滴硕大眼泪自眼角滚烫而出,悬之不落。张义取下眼泪,托于掌心,向王礼说道:

"这是元伯大哥。他是你的救命恩人,现下大哥明天也要救咱儿子。你携孩儿向元伯大哥磕三个头吧。"

王礼虽不甚明了,但见丈夫神情肃穆,忙抱着儿子向那滴眼泪磕了三个头。磕完,见丈夫将那滴眼泪扬入窗外风雨。

张义目送兄长片刻。关好窗,不再对妻子隐瞒,将与聂元伯相识、相交、相知的过程细细说与王礼。王礼虽觉甚是离奇,但知丈夫从不说诳语假话,心下稍安。二人一夜无眠。

翌日,近午时三刻,烈阳高照。虽是罕见的活童祭典,河边人却极少,只主祭祭师并两名弟子、里长并各族长老、张义夫妇并儿子张信共不过十余人。四面八方远远的有村丁值守,防外村人知晓或窥探。

祭师持一把桃木剑登上祭台。抬手,起式,挽出七个剑花,左手指天,右手持剑指向河面,喊道:"开祭!"

台下左边弟子开诵《灭瘟疫咒》:

始青符命,洞渊正刑。

金钺前导,雷鼓后轰。

兵仗亿千，变化真灵。

景霄所部，中有威神。

华游谒用，逸处述规。

测禁洞加，希渊奏明。

礼罡大抌，陀漠子持。

凝阴合阳，理禁邪原。

妖魔厉鬼，束送穷泉。

敢有干试，摄赴洞渊。

风刀考身，万死不原。

如律令、如律令。

诵完，右边弟子开诵《断瘟咒》：

吾是日光，威震九天。

金火前耀，飞龙绕干。

黄神敕钺，璇玑玉章。

五星五斗，平调七元。

收摄九丑，馘戮五瘟。

扫除邪凶，去却不祥。

汝应速去，伏吾魁罡。

天神行瘟，和瘟解释。

地神行瘟，天赦在前。

邪魔行瘟，灭迹除烟。

太上有敕，保人长生。

如律令、如律令。

诵罢，两名弟子齐诵《敕瘟咒》：

敕东方青瘟之鬼，腐木之精；

南方赤瘟之鬼，炎火之精；

西方血瘟之鬼，恶金之精；

北方黑瘟之鬼，涸池之精；

中央黄瘟之鬼，粪土之精。

四时八节，因旺而生。

神不内养，外作邪精。

五毒之气，入人身形。

或寒或热，五体不宁。

九丑之鬼，知汝姓名。

急须逮去，不得久停。

急急如律令、急急如律令。

两名弟子诵完三咒，祭师方高声诵出祭词：

谓塘煨尸粪，锋刃烈河增。

人间亦地狱，瘟疫若发生。

四目异童现，天祸降灾星。

今当祭饿鬼，灾祸弭无形。

待祭词念完，两名弟子抬一张挂满流苏样咒符的四四方方的竹席走到张义夫妇面前，让王礼将张信放到竹席上，王礼不从，张义对王礼道："要信元伯大哥夜来那句话。"王礼只得忍痛松手。张义抱过儿子，小心放到竹席上；儿子不知危险在即，睁眼展眉手舞足蹈咯咯咯咯对张义笑。笑声如银铃，响在死寂的河畔。

两名弟子抬竹席走到河边，将竹席置于水上。祭台上祭师运桃木剑对其凌空一刺，发一声喊："祭如在！"

本来软软的流苏样咒符突然支棱起来，齐齐拨动水波，竹席随之驶向河中央。张信犹自仰面看着青天白云在笑。张义王礼撕心裂肺望着张信在哭。

眼见到得河中央，祭师又运剑一指道："伏惟尚飨！伏惟尚飨！"

就见竹席下方忽现一个漩涡，将竹席连同张信卷了进去。河边除张义王礼外，其他人都齐齐跪了下去。张义王礼齐喊道："我的儿呀！"

话音未落，却见漩涡处竟缓缓升起一只水做的手臂，手臂顶端，是一只阔大宽厚清亮的"水掌"。张信躺在水掌上，竟哈哈哈哈笑得更嘹亮了。水掌托举着张信，稳稳地伸往岸边。众人目瞪口呆。张义喜对王礼道:"聂大哥送儿回来啦!"

祭师一个寒战,回过神来,忙将桃木剑舞起,嘶声施咒曰:

千神万圣,护我真灵。
魑魅魍魉,亡身灭形!

河面上砰砰砰喷出一朵又一朵水浪,水浪为一个又一个字形,升空爆裂,聂元伯的声音随"字浪"爆出:

无身无形,无有可灭。
道貌岸然,水深火热。

祭师持剑凌空猛刺,大喝道:"灭!"话刚出口,水面上如游龙般迅疾伸出另一条水臂,一掌将其桃木剑拍成碎末,又将祭师握住,高高举起。祭师魂飞魄散,连喊"饶命"。

聂元伯又以字浪说道:"谋财害命,本应诛你。但今有婴孩张信在旁,不愿让他眼中染血,我且饶你一死。你可知改过?"

祭师:"知!知!不知您何方神圣?"

聂元伯道:"本地水鬼聂元伯。"

说着用水掌将祭师举到里长并各族长老面前。他们尚跪在河边，瘫做一团，个个抖抖索索，战战兢兢。

聂元伯又将另一只手掌中的张信举到祭师面前，字浪道："你且来说，我掌中这婴孩可是灾星？"

祭师道："不是不是。"

聂元伯又吐出字浪："那你之前为何心知非而口称是？"

字浪朵朵升空炸裂，砰然有声，草木震动，山鸣谷应。就连远远值守的村丁也被慑得跪了下来。

祭师道："不敢隐瞒水鬼大人。是里长和他们几族长老说张义一家不守规矩，须以严惩，拿钱央我如此这般。"

聂元伯将祭师掷于地上，训诫道："尔等听好，张信我已收为义子，以后不可加害，否则我绝不饶过你们。"

祭师、里长一干人等磕头如捣蒜。聂元伯运水臂向张义夫妇，欲将张信送还他们，但突然间，水臂被五条风驰电掣的身影先后击穿，碎为水雾，张信跌落，虚空中有数只手伸出抢夺，聂元伯忙用另一只水掌接走张信，又收拢水雾，复原水臂，然后激起字浪，怒问道："是何妖孽，还不现身！"

金木水火土五妖从水面上现形，围住聂元伯两条水臂。

金猴道："金木水火土五圣在此。奉疫鬼大王之命，特来取走祭物。"

说着指了指聂元伯水掌中的张信。

聂元伯道："看你们身形，应为多年修炼之妖，当继续求仙成道，怎能被疫鬼驱使，行此腌臜之事？"

金猴道："一小小水鬼，竟敢口吐妄言。疫鬼乃万鬼之王，祭物还不赶快奉上。再慢些取你鬼命，万劫不复。"

聂元伯苦口婆心，字浪道："万劫不复，我梦寐以求。早入此境，永得解脱。但还劝尔等退下，以防我今日把你们打回原形。那样你们将白损耗些元气，何苦来哉。"

金猴："果然是落第士子，做了水鬼还不改酸腐之谈。既如此，送你上路。"

说着打了一个手势，木鱼和水蛙一头扎入水里，金猴和土牛奔袭一只水掌，火鸟则直直跃向另一只水掌上的张信。岸边张义夫妇焦急如焚，却帮不上忙。就见聂元伯一只水掌攥成拳头握住张信，同时屈肘将火鸟击落，另一水掌左右开弓将金猴和土牛扇飞，接着訇、訇两声，木鱼和水蛙被接连踢出水面。如是几个回合，五妖狼狈不堪。金猴忽高叫一声："合体！"五妖旋风般合为一眼鬼。

聂元伯叹道："既已成妖，何苦再去做这一眼鬼！"

领头鬼金猴道:"胡说!我们不叫一眼鬼,我们叫一目五先生。"

聂元伯:"还执着纠缠于名相,可怜可悲可叹!"

一眼鬼不再说话,朝两条水臂横冲直撞过去,聂元伯巨掌猛扇,却已不能再将其扇飞,反而被撞成碎雾。聂元伯又急忙凝意运念,聚拢起水臂,将张信在两只巨掌间腾挪,闪躲一眼鬼的攻抢。合体后的一眼鬼威力甚增,聂元伯伸出水面的两条水臂被一截截撞碎,两只水掌多次复原后掌心与力道渐次缩小。一时间白鹤溪河面上水雨漫落,烈日之下,竟寒气逼人,两只白鹤亦受惊腾起,双飞唳天。

一眼鬼又将一只水掌撞碎,然后俯冲朝另一只水掌中的张信扑去,这时河底传上来短促的一声呜呜,半条河的水瞬间像被什么吸掉,就见聂元伯以一个水形身躯从河心站起来,高与白顶山齐,张信亦像被托入云端。河中的鱼虾蟹鳖已随之被吸入聂元伯的"水躯"(此异象被白顶山方圆百里的人目睹,几经传说演绎,被后人解释为"龙吸水"或"海市蜃楼")。

聂元伯水掌亦增至一两亩地之大,几次将一眼鬼拍到地上,又扇入半空。此时却忽有上百个魑魑魁魁从虚空中现身,围攻聂元伯。聂元伯猝不及防,左支右绌,又被一截截击碎。岸边张义惊恐之下却忽瞥见祭师虽伏在地上却在悄悄作势念咒,原来是他在招邪引魅,忙上前一脚将其踢晕。虚空中虽不再有魑魉魍魅出现，但这已来的数百邪魅与一眼鬼，聂元伯已难以应付。聂元伯水躯渐被挫矮，水又渐渐注满白鹤溪。

这时一滴水珠飞入张义耳朵，聂元伯声音随之响起："老弟，本来与你还有半载酒缘。奈何群魔乱舞，精怪缠身，我将拼力与其最后一博，张信定当无恙。咱们就此别过。此一别，不复见。"

说罢，聂元伯运力凝神，散意抛念，残存水躯化为数百粒水雹激射而出，将数百邪魅击溃，又用一只水掌裹起一眼鬼，狠狠拍向白鹤溪畔的悬崖峭壁，先是把它们拍散为金木水火土五妖，又把五妖拍回各自原形，随后将它们丢下悬崖。聂元伯另一只水掌托着张信送至张义王礼面前，张义王礼刚接过孩子，水臂即哗啦一声坍塌在地，顺着堤岸流回了河中。

当夜，张义带着一坛秋露白到河中祭奠聂元伯。他将酒奠入河水，说道："元伯大哥，此一别，虽不再见，但总要留些念想，张信这孩儿的字，就叫元伯吧。"

此后，规矩村人慑于水鬼聂元伯的训诫，不敢再有什么动作。但背后使阴招弄伎俩，疏远孤立张义一家。张义所网鳜鱼，再鲜再美亦无人买。"千货全"亦不再派船来收。张义无计，只得将鳜鱼集于一处，每三五日装满两桶，担到徽州府，卖与酒肆鱼市。规矩村距徽州府两百多里地，须走旱路，崎岖难行，两三日方能到，鳜鱼往往变味发臭，三番五次之后，张义得一法，装桶时放一层鱼即撒一层盐，腌渍炮制。如此之下，鱼到徽州，仍腮红鳞白，烹制之后，别有风味，后竟成为徽州一道名菜，即臭鳜鱼。

闲话休提。且说三五年后，各种张信带来灾难祸患的危言耸听又不时冒出来，并有消息传聂元伯早被诛灭，不足为惧。村里各家各户凡有祸事霉运无不往张信身上引。里长倒经常来宽慰张义一家，说规矩村里有规矩，闲言碎语别理会。张信在村里，没有孩童与其玩耍。走在街上，动辄会被不知哪里丢出的石块瓦砾砸得头破血流。张义夫妇时时刻刻提心吊胆。也曾想讨讦往他处，但又想即便到异地他乡，这"重瞳即灾星"的传言也不会消亡，甚或更难容身，又打消了念头。

直到这年九月，望日之夜，张义从徽州府售鱼归来，进村时不意看见七年前那位祭师与两名弟子又鬼鬼祟祟进了里长家，忙避到暗处察看，发现各族长老也都来了。张义急回家里告与妻子，二人情知不妙，大祸再次临头，遂收拾家当携儿子连夜驾船逃离了规矩村……

十一　心远书院：山长梦帝君

……元伯正痴痴想着，于泪光中忽然看见墙上那四目神画像竟对自己咧嘴笑了一下，不禁回过神来，忙抹去眼泪定睛再看，却复如旧。此时已是后半夜了，秋寒透心，天地清寂。元伯并不害怕，反更觉安心，给四目神磕了一个头，起身回了门房。

一夜再无话。翌日一早，三人草草吃过干粮，元伯和母亲扫落叶、除杂草，父亲去山中集镇上买香烛果品。买回来后，三人又再逐殿给塑像、画像拂尘去灰，燃香敬果。元伯和父亲给瘟祖擦那似斧非斧的兵刃时，才发现柄上刻有名，曰"戚"。"爹爹，原来这就是戚！又叫催命鬼。"元伯喜道。

"你怎么知道？"张义问。

元伯道："原在村塾学'君子坦荡荡，小人长戚戚'时先生引出来教的。说这是古时一种兵刃，但不怎么作战，主用军法，戚落人头必断，见者无不害怕，所以又叫催命鬼。"

张义嘱道："还是要多学书本里的话。"

元伯道："知道了。爹爹，我还能上学吗？"

张义暗自叹息了一声，不知如何应答。

三人转进五瘟殿清扫时，元伯去擦那青袍塑像，忽然咦了一声，对父母惊诧道："爹爹，娘亲，他怎么也叫张元伯？"张义与王礼凑过来，张义俯身看去，见青袍塑像脚底石座，刻着五个字：

青瘟　张元伯

张义对妻子点点头。三人仰头望去，见青瘟张元伯手中执一芭蕉扇，项上是一尊牛头，梗着脖子。张义甚觉蹊跷，吩咐元伯仔细擦拭，与妻子到院中银杏树下商量下一步如何是好，一时却也商量不出个子丑寅卯。这时元伯却已擦完塑像出来，说道："爹爹，娘亲，咱们何妨在这儿住下？"随之将昨夜西配殿四目神画像对自己咧嘴一笑的事情也说了出来。张义与王礼虽觉此处古怪，却也似有命定，稍一合计，即在此落脚了。

张义每日携菩萨网去店前忧戚河打鱼。此地偏僻，渔人少来，河中鱼肥鳖硕、蟹丰虾多，但张义也不多打，每日只打两网售卖。一网，供口常嚼谷；一网，用到庙上。妻子王礼除洒扫庙宇，还在庙墙四围辟了六七块隙地，种了三五类稻谷蔬果。一年四季，粮菜不缺。就连隆冬，也有窖藏白菜和萝卜可吃。元伯则比父母还忙，每日晨起，洗手净脸之后，即去各殿烧香供果。平时或供父亲买回的桃李橘杏，或供母亲地中结出的瓜豆茄稻。若是五月，樱梅结果，累累枝满，个个珠玑，元伯即采那鲜美的供奉；若是十月，银杏果成，错落交叠，金黄耀目，元伯亦摘那圆润的献上。除此之外，元伯几乎时刻待在光明殿。他痴迷那一堂壁画。壁画日久年长，风侵雨蚀，不少漫漶破缺之处。元伯于夜晚举火把跑动荡漾，满堂壁画人物踊跃、鸟兽追赶，于是那漫缺之处慢慢成型于元伯眼中心里。他央父亲买来笔墨颜料，白天逐处修补。元伯的画功，即从此始。

花褪果成，寒来暑往。此间再无他话。

且说齐云山有个文昌洞，文昌洞前有座心远书院。虽非名院，却也学脉有续，又背靠文昌洞，方位吉祥，求学习举之士，竟也络绎不绝。一夜平旦时分，学院山长杨长龄于案前烛下正批阅学子文章，忽门响风动，烛火摇曳，抬头竟见文昌洞中供奉的文昌帝君走进来，不及多想，慌不迭作揖道："您老人家怎么来了？"

文昌帝君笑道："山长不必多礼。我今来有事相求。"

杨长龄忙道："以前都是求帝君保佑，多有叨扰。您有吩咐，我之幸事。"

文昌帝君道："天下士子，或发自心中，或形于香火，哪个不曾向我有求？我若必应，岂不糊涂。是以我并不曾护佑于谁，亦不曾荫你书院。更不会此次有求于你，以后予你好处。无论学子，抑或书院，皆各凭禀赋本事，尽人事以听天命而已。此中情理，有言在先，山长若解，我再诉求。"

杨长龄汗颜道："解得。解得。"

文昌帝君道："千年以来，我香火鼎盛，烟熏火燎，鸡鸭鱼肉，肠肥脑满。纵我有道、法、本、真、迹、应、化、分八身，亦不能悉数消受。苦矣！苦矣！山长可懂？"

杨长龄愧道："懂。懂。此事我亦有错，错得尚还不小。帝君恕过则个！"

文昌帝君摆手道："非为责你而来。实是两三年前，有一处'迹身'，忽然向我感应，其所受供奉，殊有不同。我即前去，果然大异，每日鲜果菜蔬，无有鱼肉，顿感身轻，更觉目明；香亦甚简，原地取材，和合入心，更有无续之时，松明替之，那木之芬芳、脂之焦香，助我神清，益我气爽。再看那供者，不过一个十岁小童，亦无甚奇处，只双目重瞳，招致流言，终成祸处。现幼学之年，却无学可上。"

杨长龄道:"明白帝君意思。此童不需一束,即可入院求学,并每月给予'膏火':月钱两贯、日米升半。"

文昌帝君微微颔首道:"如此甚好。谢过山长。"

杨长龄道:"不知此童现居何处?"

文昌帝君道:"他现在山脚下的瘟神庙存身。"

杨长龄退步颤道:"您是帝君,还是瘟祖?"

文昌帝君道:"我非瘟祖。瘟祖即我。"见杨长龄犹自惊惶,又笑道,"山长学问高杂闻却少。当年有五瘟使者降世,瘟疫横行,我在七曲山敕法台降服他们,后来我迹身为瘟祖,封他们五位瘟者为神,又请来一位四目神施与光明,我们七位再加上我的坐骑白特,在人间形之为瘟神庙,以收瘟摄疫、净污涤秽。"

杨长龄道:"原来如此。南无阿弥陀佛。"

文昌帝君回道:"福生无量天尊。"

说罢,一笑,凭空消失,杨长龄一怔,醒了,原是伏案一梦。沉思良久,起身去藏书楼中的汲古阁翻检,果找到一部《文昌治瘟宝箓》。此时天已将晓,杨长龄趁微明下山,到得瘟神庙时,正见张元伯在给瘟祖摆供榔梅果。听见脚步声,元伯回头,双目重瞳映出旋涡样朝霞,让杨长龄一阵眩晕。

自此,元伯进心远书院读书。杨长龄按梦中向文昌帝君所诺,无须束脩,并给予元伯膏火:月钱两贯,日米升半。当然，杨山长跟文昌帝君也没客气，这点钱粮都从书院给帝君每年的香火钱中扣除。又念及帝君烟熏火燎和肠肥脑满的苦处，不禁又扣除了小半。进出之间，竟还有些盈余。杨山长暗自得意。

但麻烦接踵而至。因心远书院非官学，无拨置，又坐石靠洞，田产亦稀，故财力不甚雄厚，大半学生都要交束脩，只有院试考过并中秀才者，才免束脩并予以"月钱两贯、日米升半"的膏火。这张元伯一个小童生刚入学即有膏火并与秀才比肩而立，不光无膏火者不满，秀才们更是义愤填膺，皆找杨长龄理论。

杨长龄却苦不能言。与文昌帝君梦中之诺实在荒唐，开口说来难以让人信服，更会招致装神弄鬼的非议。甚或自己亦觉冒失了些。庄周梦蝶，留下传世文章；山长梦帝君，倒领回一个童生，还须付钱予粮。何苦来哉！苦恼之下，又几次伏案而睡，期帝君再入梦，以请教商略，奈何帝君却杳如黄鹤，不复再来。悻悻之余，又想应学子所愿，免掉张元伯膏火，却每想起与帝君晤面之梦，栩栩如生，自己所诺，字字带响，只得作罢。至于学子生事，拜多年任山长之心得，明里暗面，软硬兼施，也就"忧戚河水流休宁"矣。

学子们奈何不得山长，便掉转矛头，向张元伯。先传之以危言："双目重瞳，瘟神现世；冲撞文脉，贻害风水。"后继之以耸听："黄钟毁弃，瓦釜雷鸣；德不配位，必有灾殃；无有规矩，不成方圆。"再践之以行为：元伯常被不知从哪里丢出的瓦砾石块砸得满头包；夜里通铺就寝，常腿脚被摁、头脸被盖，吸不能吸、呼不能呼，几欲憋死之际，数条黑影方于黑暗中溜走。元伯恐父母担心，亦怕再失读书机会，从不曾说与父母，亦不曾说与山长，只心中有不解之大惑："心远书院皆是读书人，怎的言行举止与规矩村却并无二致？"

列位看官，此惑又岂止元伯，古往今来，实难解矣。

闲话休要絮烦。单说三年后，心远书院来一学子，姓孟，名端，字俊郎，年纪比元伯小一二岁。这孟俊郎初入学院，亦是免束脩、有膏火；膏火亦是与秀才等同：月钱两贯、日米升半。却无人非议。何也？盖因孟俊郎父亲乃休宁县"千货全"掌柜，孟掌柜送儿子进书院，为表诚意，捐助现钱三百贯、玄米十二石、秋露白六坛。非但无人非议，孟俊郎还被众星捧月。

及至孟俊郎了解到"瘟神"张元伯莫名其妙跟自己同等膏火时，不免为之忿忿；又有同窗挑拨唆使，亦常为难张元伯。元伯一如从前，逆来顺受，如幽潭垂静，敛波收光，深不见底。孟俊郎泥牛入海，不见涟漪，气恼愈甚，变本加厉。其他同窗倒乐得作壁上观了。三番五次下来，孟俊郎拳打虚空，颜面扫地，只得放出一句狠话："我孟俊郎定要让张元伯服气！"

但来年八月，张元伯院试中了秀才。孟俊郎再想借膏火发难，亦没了出师之名。况张元伯不久即踏上了乡试之路，再无时机。张元伯走后，学子们却对其并无多议，反而更喜背后嘀咕孟俊郎，常说的一句是："孟俊郎舌头闪得不轻啊！"

此后孟俊郎常做一梦，梦见自己放出的那句狠话在身体中长成了一棵带刺的荆棘，蜿蜒在五脏六腑之间，曲折向上，从口中探出，每到此处孟俊郎必惊醒坐起，脱口两字：

"瘟神！"

十二　江南贡院：怨憎会

"瘟神！"

梦中张元伯忽被楼上传来的孟俊郎的一声闷闷梦喝惊醒。默然坐起，怅然良久。此正是：三更归梦一千里，半夜回肠九万周。

元伯听各房生出动静，知有士子已起床赴考了，不及多想，亦忙下地。龙门客栈，上上下下，里里外外，灯烛亮起，同时响起一片窸窸窣窣之声。杂而不乱，紧张肃穆。

本届乡试八月初九开考。入场日为八月初八，即张元伯孟俊郎这同梦之夜。夜半后，江南贡院正门前的广场上，三千余名士子陆续抵达，已排成几路队伍等待寅时入场。他们都背一卷行李，携一只或竹或柳或荆条编织的考篮，篮内置笔墨纸砚及灯台蜡烛等乡试所需的各项物件。张元伯、孟俊郎、吴承恩等寓居龙门客栈的士子也都已赶来，星散分布在队伍中。但孟俊郎却跟张元伯紧挨着，张前孟后。此二人一出现即为众士子所瞩目。因孟俊郎衣帽上缝满了幸运符，既有"进士出身"，也有"状元及第"，头顶方巾则贴了张"文昌星"符，令人愕然，忍俊不禁。孟俊郎的考篮亦壮硕无比，较之寻常考篮大出两倍。有些士子见了孟俊郎考篮，再看己篮，竟禁不住自惭形秽了，甚而至于寻思自己是不是少备了什么。

张元伯衣着及所携考篮与其他士子倒约略相同，但手中一盏灯笼任谁看了都眼前一亮并禁不住暗喝一声彩。这灯笼，名字唤作"吉利灯"，是玉灯为张元伯扎制的。为何叫吉利灯呢？说起来也是一段话。

话说玉灯知道今年是大比之年，自元宵节后便想着为张元伯秋闱扎制一盏灯笼。是琉璃灯、罗帛灯、荷花灯，还是珠子灯呢？玉灯一直没打定主意。五月底一天，梅秀才让玉灯去后院采蒺藜。原来各地士子赶考，多有水土不服者，以眼痒或风疹居多，梅秀才颇懂医理，知蒺藜于此颇为有效，便在后院沿墙种下数丛，果实熟时，采摘下来炮制；凡士子有恙来求，无论住龙门客栈与否，皆无偿赠之。这日玉灯采摘蒺藜时，忽想道："这蒺藜与吉利谐音，元伯一向被视为不吉利，何不用此谐音做盏灯笼讨一彩头呢？"又思量："那贡院围墙的墙头布有带刺的荆棘，故又被称为'棘闱'。

这蒺藜也是带刺的,蒺藜对荆棘,针尖对麦芒,或可破一破元伯的晦气呢!"一时将主意拿定,玉灯即动手扎制,这才知找了个苦头,因蒺藜果实为锥样锐刺,甚难形塑。亏玉灯心诚意坚,以细篾为骨架,反复拿捏,曲里拐弯,拼接杂糅,掌心指肚不知被扎出多少红豆样血点,终于制成一盏带十二枚锥形锐刺的球形吉利灯。

此灯内置蜡烛,外罩罗纱,锐刺敷红,内角染绿,下坠一穗五彩羽毛流苏,一经点亮即光线交织,色彩喜庆。元伯看时,既惊且喜。唯一让玉灯略觉遗憾者,乃她想让元伯于灯上书"魁星朗照"四字,元伯却觉语义太巨,无福消受,不敢擅用,斟酌再三,转题了"如理作意"四字。玉灯却不解此语,虽张元伯耐心与她释义,仍觉云雾缭绕,最后只想这是元伯所书,必有深意,也就释然了。

张元伯夜半提吉利灯出门时即发现此灯太为人瞩目,乃到贡院前排队时便将其熄了。但这仍引得孟俊郎眼热,吃醋拈酸地问道:"这灯是玉灯给你扎的吧?"张元伯知若接了话头便无休止,乃默不作声。

孟俊郎仍念念有词:"用蒺藜作灯,亏她想得出来。这灯你卖吗?我愿出高价。"

张元伯仍不答,只心内烦躁。幸好此时远处钟楼上传来寅时的钟声,与此同时,贡院中央的明远楼上,三声炮响,继之三层楼台上灯火通明,兵丁手持火把各赴各位。士子们一时都振奋起来，齐齐仰目瞻仰。

两位乡试官员跟随一位闱场执事出现在楼台上，开举士子入场前的祭祀仪式。先是两位乡试官员各执一面红旗和蓝旗，趋前于香案神龛与至圣先师像前焚香祭拜。

执红旗的官员躬身擎旗道："四方文枢，钟灵毓秀。皇天后土，泽被苍生。"

执蓝旗的官员亦随之躬身擎旗："文圣吾祖，恩泽海宇。千古巨人，万世先师。"

说罢，两位官员闪开，分立左右，闱场执事趋前，站定，手执一黑一白两面旗开始舞动，交叉指向四面八方，似在招引什么。

应过乡试的士子都知道，每届乡试入场之夤时，两名监视官：一内帘官、一外帘官，首先会用红旗祭拜神灵，吁求天降贤才；用蓝旗祭拜先师，祈请先师庇护。接着由一名闱场执事用白旗和黑旗招引恩鬼和怨鬼入场，以震慑妄想作弊者。正所谓"有恩者报恩、有怨者报怨"也。

闱场执事招引片刻，突然停住手中舞动的黑白二旗，高声道："四方文枢开，恩怨二使来。"

站在四周的兵丁随之喊道：

"开科取士，务要清白！"

"有恩者报恩，有怨者报怨！"

话音未落，一阵风来，旋于楼台之上，令旗幡摆动、灯笼摇晃，悬于房角檐下的各处风铃叮铃铃急促鸣响，兵丁手中火把上的火焰暴涨半尺。

贡院门前众士子被这仪式和阵仗慑住，皆敛住表情，肃立不语。四位兵丁上前取过闹场执事手中的黑白二旗，又取过两位监视官手中代表神灵的红旗和代表先师的蓝旗，插于明远楼四角。与此同时，又是三声炮响，这时不光楼台之上，整个贡院瞬间都灯火通明了。

接着"吱扭扭、哗啦啦"声音响起，江南贡院大门打开了，数条长龙一样的士子队伍绷直了，几路入口处的巡绰搜检官并若干"搜子"（即搜检人役）小跑到位。搜检官开始唱名，各府士子听名入场。

孟俊郎跳了几下脚，看了看黑压压的人头，然后拍了拍张元伯肩膀："张元伯，乌泱泱这么多人，得有上万人哪！咱俩能挨着，这叫缘分吧？"

张元伯忍不住摇头道："非也。"

孟俊郎："为何？"

张元伯："首先，并无上万人……"

孟俊郎："你怎知道没有上万人？我刚都跳起来看了，眼见为实。"

张元伯："本届乡试应举士子三千一百二十六人。"

孟俊郎惊道："这你都知道！怎么可能？"

张元伯："你关心你有多少符，我关心每届有多少士——"突然想到不该接孟俊郎话头，忙打住，"抱歉，破题破偏了，我不该回答你上万人那一句，更不应该就此承题。刚才你问的是这叫不叫缘分，我说不叫，你问为何，我应该回答你：'从夜半出门时你就跟我身后，一路相随有何缘分可言？曰纠缠比曰缘分更恰当些。'此问已可收结。"

说罢，张元伯眼观鼻鼻观口口观心心观自在，任孟俊郎再怎么搭讪也不开口了。列位看官，前文已述，士子们因觉张元伯总触霉头，都不爱跟他近乎，孟俊郎早前更是视张元伯为瘟神，这次为何独独例外了呢？因他觑到：凡有张元伯处，玉灯常出没。故他凡有闲暇，专爱往张元伯跟前凑。孟俊郎夜半噩梦醒来，即擦去冷汗，起身收拾。自龙门客栈出门时，他便跟上了张元伯，以为玉灯定会出来相送。谁知玉灯却没出现，让他跟了个空，心中着实有些窝火，恨恨又忿忿。噩梦与窝火，遂又记在了张元伯头上，故言语中连讽带刺。但张元伯决意不再理他，他倒也无可奈何，遂将目光撒向入口搜检处，想寻个热闹。

彼时，士子入贡院时的搜检业已异常严厉，因当时已有夹带、枪替（请人代考）、继烛（将蜡烛内里沿灯线从下往上掏空塞入小抄）、飞鸽（考前将训练好的鸽子放飞入号舍，开考后考生将题目写于纸条交由鸽子飞至某处，此处早雇好的文章高手答卷后交鸽子带回号舍）、冒名、冒籍等作弊手段；更有贿买、泄题、割卷（调换考卷）、传递等诸多操作，可谓防不胜防。

搜检处不时有士子被"搜子"搜出作弊物件，或是藏于靴中的缩微书籍，或是匿于笔管中蝇头小楷抄就的文章，甚至有塞于烧饼之内的字卷。一旦搜出，即被驱逐带离。长龙中有怀揣作弊手段的士子因见前边被查出而心惊胆裂，弃考逃离。孟俊郎眼观六路，瞥见旁边一人神态鬼祟，惶恐欲溜，将其一把拉住，此人受惊不小，央告道："老兄高抬贵手，勿要举报。"

孟俊郎笑道："贤弟说哪里话，我无歹意，只是想到贤弟既要弃考，所携干粮想必已无用，何不馈赠于我，也是善举一桩嘛。"

此人无心恋战，取出粮袋往孟俊郎怀里一掷，转身溜了。孟俊郎打开粮袋，见是十来条牛肉干并三五个糕饼，他将糕饼挨个掰开，怕有小抄殃及自己，然后喜滋滋拈出一条牛肉干嚼着，又不禁拍张元伯肩膀问道："你有两届乡试竟然连考场都没进，是不是跟这'牛肉干'一样，作弊怕被查出啊？"

张元伯微闭双目，依然不作答。忽又听孟俊郎嚷道："呀！嘿！嗨！那不是玉灯嘛！"元伯以为孟俊郎作弄他，不予理会。接着又听见孟俊郎在叫："玉灯！这儿！我在这儿！哎，别走，别走呀，张元伯也在这

十二 江南贡院：怨憎会

儿！"元伯忍不住睁眼瞥去，却真切看见士子队伍的缝隙中有着红白二色的衣袂鬓影并一盏鲤鱼灯在晃动游移，他一眼辨出那就是玉灯。

玉灯在长龙一样的队伍中寻找元伯，她个儿矮，眼睛望出去，士子方巾如房檐，人脸在晦暗不明的夜色和灯影中看不真切，她本已接近元伯的方向，但遍寻不得，又折身反向寻找。

孟俊郎的叫声被数千人的嗡嗡交谈声淹没了。张元伯孟俊郎都急得齐跳脚直招手。眼看玉灯寻觅着走远，孟俊郎忽对张元伯道："你蹲下，我骑你脖子上，这样玉灯就能看见了。"张元伯亦无好计，觉此法可行，遂蹲下。孟俊郎刚搭上一条腿，却又摇头道："不妥。玉灯看见我不一定过来。"说着撤腿蹲下，拍拍自己的肩膀道，"你骑我脖子上。"张元伯稍一犹豫，道声"得罪"欲骑到孟俊郎项上，又想起什么，停住，掏出火石将吉利灯点亮，这才骑上去。孟俊郎双手撑腿发力站起，张元伯从众士子头顶冒出来，恍若巨人，他高擎起吉利灯，摇晃之。士子们纷纷将目光望向"巨人"。

玉灯正束手无策，见士子们都望向一个方向，不禁也抬头望去："呀！吉利灯！元伯！"她眼睛霎时被点亮了，敏捷地穿过人堆跑向元伯。

张元伯告诉孟俊郎玉灯过来了，孟俊郎忙下蹲，元伯从他肩上下来。孟俊郎双腿筛糠，但满脸若无其事。

元伯对他道了一声谢，孟俊郎却道："不必谢我。又不是为你，我乃是为了玉灯。"

玉灯跑过来，站定，歪头笑吟吟看着元伯。她手打一盏鲤鱼灯，内着一件雪花丝袄，外袭一领绛红比甲，在将明未明的夜色中如一盏别致灯彩放出光明。元伯望过一眼后竟不敢再直视，低头道："就要入场了，你来干什么？"

玉灯笑道："给你送样物件。"嘴里说着，却并不拿出什么来。张元伯和孟俊郎此时却同步了，齐声问道："什么呀？"

玉灯对孟俊郎道："我答他，可不是答你。"说罢转向元伯："还没到时候呢。一会儿你就知道了。"

士子队伍随着唱名不断向前，玉灯也跟着张元伯向前，眼看就要唱到徽州府了，张元伯有些着急，玉灯倒还沉得住气，安慰他说不到时辰不能拿出来。孟俊郎一个劲儿劝玉灯尝尝他的牛肉干，玉灯回了一句"我吃素"，孟俊郎遗憾得直摇头。就在这时，远处有鸡鸣声传来，玉灯喜得说了声"时辰到了"，接着身上忽然竟也传出了一声低沉而雄壮的鸡鸣，张元伯孟俊郎及周围士子惊诧不已，玉灯笑着一挥手，竟然不知从身上哪里擎出一只金黄色的小公鸡，公鸡冒出来，气为之昂，更是引颈长鸣了几声，然后一展翅，扑棱棱飞起，从士子头顶掠向远处去了，引起一阵骚动。

张元伯奇道:"你跟谁学的这一手?"

孟俊郎:"还能是谁,许百变呗。"

玉灯取出文昌星符,递向元伯,说道:"许百变告我,文昌星符须配以公鸡报晓的声音方才管用——"

孟俊郎:"于是你就买了他一只鸡?"

玉灯:"不叫买,是请。"

孟俊郎忿忿道:"你上当啦!我的符根本无须配一只鸡!"

玉灯:"我请了就是我的了。"说罢又凑前低声对元伯道:"许百变能解命理,会批流年,他说你有非凡之象。只不过之前你是风雨如晦,现今需要鸡鸣不已。"

元伯虽不信鸡鸣之说,听闻此言心内却一股热流循环往复,涌上眼角化为泪珠,他接过文昌星符,哽咽难语。

玉灯:"你好好考,我等你……等你考完。"稍顿又道,"这张符会让你接福!"

孟俊郎仍耿耿于怀:"我的符不该配只鸡啊。"

玉灯郑重道:"孟俊郎,人要言而有信,我请了你的符,就不是你的符了。再说了,我配的也不是鸡,是鸡鸣;也不是鸡鸣,是鸡鸣不已。"

元伯将文昌星符揣进怀里,深深看了一眼玉灯,不知究竟说何是好,便嘱她快回。玉灯知道元伯嘴笨,更不愿扰他大比之日的心神，于是也不再多说什么，一步三回头地走了。

到入口处，元伯顺利通过搜检，验明正身，领签入场，寻自己的号舍。他身后的孟俊郎可就没这么容易了，因他装束和考篮实在怪异，被两个"搜子"严令脱了个精光，上至方巾内里乃至发梢鬓角，下至裤腿边缝乃至鞋袜皱褶，查了个仔仔细细。考篮中物品更是搜了个底儿掉。问孟俊郎为何物品繁多，孟俊郎则答以有备无患。这倒也并不违规，搜子请示巡绰搜检官后，将孟俊郎也放进了贡院。

好一座贡院！碑亭肃穆，官房林立，岗楼棋布，飞桥架水。尤为壮观的是成千上万间号舍鳞次栉比，如蜂房水涡，密布于龙门及明远楼两侧。号舍排列成巷，称为号巷，巷首有水缸，巷尾置粪桶；考生们白天考试、夜晚住宿，均窝于此。为何曰窝？因号舍狭小逼仄：高六尺、深四尺、宽三尺；离地面二尺许，砌有上、下两道砖托，托住上、下两块木板。考生答卷时，下板为凳，上板为案；夜晚休息时，取上板并下板，即为床。

秋闱共三场，每场三昼夜，三昼夜士子即在此作文并食宿。号舍对面墙上凹有小龛，可置炉热水。若愿意动手，亦可自造饭菜，但士子多不擅此道，故多带现成的干粮。然秋闱在农历八月，溽暑之气未散，又兼蚊虫肆虐，无孔不入，因此干粮亦常发霉或被蚊虫叮咬。

以上其实还可将就，让士子胆战心惊的是"底号"。底号即靠近巷尾的号舍。因巷尾是粪桶所置之地，粪水发酵后沼气翻卷，令人鼻不能吸、口不能呼、眼为之涩、胃为之翻。巷首、巷中士子可避此忧，居底号则苦不堪言，故凡分得底号之士子，鲜有出佳绩者。

然其最为可怖之处，又非底号。因号舍三年一用，中间失修，启用时亦无恁多人力彻底清扫，故成为毒蛇、马蜂、地鼠、蜈蚣等毒虫小兽藏匿出没之地。凡科举以来，被毒蛇毒死、马蜂蜇死者，以及被地鼠蚊虫传疾疟者，屡见不鲜。而因文思凝滞，精神涣散，致以烛签刺喉或悬舍自尽之事，亦有发生。

张元伯寻到信字号号巷，找到自己的三十八号号舍，放下考篮、行李，取出一把棕帚清扫号舍，扫完于角落撒下雄黄粉；又燃一根艾条来熏；接着拿出锤子、钉子、两块油布，一块钉到门口，用作号帘，一块钉到上方，用作号顶；最后支起号板擦拭干净，这时孟俊郎才姗姗来迟。

孟俊郎寻到号舍，却并未骚扰张元伯，也不收拾，而是挎上大考篮出去售卖东西去了。原来士子入号舍后，并非立即散题考试，因此时题纸其实并未印好。主考官为防有人作弊，待士子入场后，才将考题传至印厂印制，并于当日子时才将题纸发至号舍各士子。故初九白天，士子除凝神静养，并无试可考、无事可做。这一日，因尚未考试，所以士子之间往来交流不受约束，号军睁只眼闭只眼而已；但子夜之后，题纸一发，号舍封号，则是另一番严苛情形了。

孟俊郎即是钻这封号之前的时机买卖。他带着大考篮先沿巷尾的底号一路卖下去。卖底号何物？香饼。果有许多分得底号的士子，一见粪桶先就打怵了，又有那经验不足者，不知带香饼掩味儿，孟俊郎三言两语即吓得对方掏钱买货。不消一炷香的工夫，即卖完香饼。孟俊郎沿着号舍溜溜达达，一路行来。好一幅士子考前图！只要看见那手里拿着油布发愣的，即知道他忘了带锤钉——锤钉奉上；只要看见那笨手笨脚钉号帘的砸伤手指头的——金疮药递出；只要看见那看着满墙蚊虫发愣的，即知道他忘了带棕帚艾条——买棕帚赠艾条；更有那坐立不安独自流泪的，即知道对方初次赶考心神不宁，急上前兜售自己身上那十来张幸运符，这是真正的临场抱佛脚，自是比之前又涨价了数倍。如此这般，雪中送炭，锦上添花，孟俊郎小半天工夫就把大考篮里的物件和身上的幸运符卖了个精光。

孟俊郎优哉游哉往回走，走到巷口的时候，扔了块碎银子给当值的一个老号军，老号军立即心领神会，跟过来给他收拾号舍。孟俊郎则踱到隔壁，掀开号帘，对凝神静养的张元伯嬉笑道："从心远书院到江南贡院，从徽州府到应天府，三千士子，茫茫人海，我俩竟再次得以相邻，张元伯，这算缘分否？"

这元伯实在无法否认，遂点了点头。

孟俊郎："百年修得同船渡，千年修得共枕眠。又是什么样的缘才能千万人中号舍连？你比我有学问，跟我说道说道，那这应该叫什么缘分。"

张元伯："倒确有此缘。"

孟俊郎："什么缘？"

张元伯欲言又止道："你真想听吗？"

孟俊郎："当然。"

张元伯："此缘应是怨憎会。"

孟俊郎被噎住，一时竟无话可说，放下帘子悻悻回自己号舍了。

白日再无话。及至到了夜里子时，贡院三千余号舍内蜡烛齐明，随着至公堂内主考官一声"开卷"，号军们穿梭往来，将题纸发放到各号舍士子手中。

元伯接到题纸，先并不打开看，而是捧出一个香熏炉，点燃，将一盘莫忘今宵置于炉上。此为隔火熏香，妙处在但令有香不见烟。待香味袅起，张元伯用水盂净了一下手，取手巾拭干，展开题纸，见四书义三题为：

《中庸》题：

诚者物之终始不诚无物是故君子诚之为贵

《论语》题：

子曰人而无信不知其可也大车无輗小车无軏其何以行之哉

《孟子》题：

父子有亲君臣有义夫妇有别长幼有序朋友有信

本经义题共二十道，取自五经，每经四道。元伯报的所学本经为《诗经》，故本经义题中，《尚书》《礼记》《周易》《春秋》无须看，只向《诗经》望去，见四题为：

人而无礼胡不遄死

所可详也言之长也

无纵诡随以谨无良

人之为言苟亦无信

看罢题目，张元伯心里一动，不觉忖道："本届乡试，四书义题与经义题句句都与一个'信'字有关，回视往昔，自己素以做信士为信念，并身体力行，自感问心无愧。作此等文章，岂不下笔有神，手到擒来！这次又分到信字巷，可是合乎天机？莫非确要时来运转身登龙门了吗？"想至此竟心神荡漾，见烛影摇曳消长，如一方红盖头，又觉号舍微晃，身中热力沸腾，一时不能自已，幸有一缕幽香透鼻沁心而来，蓦的一下，忙收住缤纷思绪，暗道一声惭愧，开始研墨，提笔答卷。

这边厢张元伯心念电转，那边厢孟俊郎却连题纸瞅也不曾瞅一眼，他来应试无非就是一趟生意，卖完东西就算了事。只因贡院考场规矩甚严，士子入场即锁院，题纸一发即封号，首次开院离场要凑到千名士子交卷，往往是第三日上午，孟俊郎只得跟着熬到那时。他倒并不以此为苦，因他没有考试为文之累，便带足了菜肴佐料，权当来野餐游乐了。他收完题纸，吹熄蜡烛，拼号板为床，想蜷身睡上一觉，不想却闻到张元伯号舍传来氤氲幽香，香味熟稔，沁人心脾，知是莫忘今宵，嫉妒心又起，起身探头掀开对方号帘，果见香熏炉上一盘心字香，低声道："莫忘今宵！又是玉灯给你的吧？"

张元伯埋头答题，不答话。

孟俊郎又道："你卖我一盘，价钱好说。"

张元伯依然不答，却搁下笔，把墨卷收入青布卷袋挂到胸前护好，俯身自考篮里攫出一把锤子。孟俊郎吓得往后缩了一下，一面惊问"汝欲何干"，一面作势护住自己。张元伯却并不理会，只又拈起五六颗钉子，扯住靠孟俊郎一壁的油布边儿，锤起钉落，三下五除二，将其钉死在号框上。当真是"封号"，孟俊郎也当真是"碰了钉子"，再也掀不开号帘，悻悻缩回去睡了。元伯定神，埋头作文。

一夜再无话。

十三　江南贡院：所求无得

火花噗地灭了，元伯惊觉烛已燃尽，方要续烛，却哑然失笑，因晨光已大亮，早有考生在号巷中燃炉造饭。尤以夸张者，孟俊郎也，煎炒烹炸，油溅烟蹿；又塞出两块小碎银，从老号军那儿偷摸弄来一瓮金陵春，竟在闱场之内、号舍之中半遮半掩地喝起了早酒。

元伯检点墨卷，已答完四书义三题，边默读边静思往日杨山长对闱场举文要诀之训导："规矩绳尺，不失分寸；起承转合，浑然天成。"觉若合一契，心下颇安。乃吃过两块梅花糕，小憩。醒来已正午。隔壁号舍孟俊郎酒足饭饱之后，正鼾声如雷。元伯净脸焚香，展卷续答，欲风樯阵马，一鼓作气。开笔之前，出一风波，巷尾有一考生被粪水熏晕过去，号军抬起，顺梯过墙，抛掷于外。"可怜可叹！"元伯推人及己，感同身受，不禁又心神四散，幸幽香沁鼻，牵游思回正念。到得入夜时分，顺利写完两道经义题。元伯吃过一个烧饼，喝下两碗酽茶，挑灯夜战。及夜半，又写完两道。元伯欲小憩两个时辰，起来再写最后一道。写罢，估计可以随明日首批千名士子开院离场。明天乃第三日，是乡试首场的离场日，玉灯定会清早就在贡院门外跺脚盼着哪！

元伯刚卸号板蜷下，一桩事端却突如其来。先是听见孟俊郎号舍传来细细呻吟，疑之有误，再听果然；又听到他以掌拍壁，有气无力道："元伯兄，救我，救我。"元伯恐孟俊郎又是诓骗，未予理会。继而听到他声愈小而力愈轻，忙掌灯出号，移步掀帘视之，见孟俊郎面色赤红，四肢搐动，额头不断冒黄豆大汗珠。见元伯来，孟俊郎气若游丝道："救我呀元伯兄。"

元伯忙呼巷首那老号军，老号军又急呼号医。号医赶来，揭帘一看，吓得倒退二步，悚道："瘧疾！"

老号军亦惊道："打摆子？"

号医点头，神色严峻，低声道："勿要声张，以免惊扰闱场。"

张元伯道："还请医官着手诊治。"

号医："瘧疾发作，初冷可治，至热无救，更易染及他人。"见老号军还愣站着，斥道："你都闱场当差多少年了！还不赶紧裹好扔出去。"

张元伯道："使不得啊。如此他必死矣。"

号医哼道："不如此我必死矣。不如此这条信字巷考生都得被他牵连。"

这时老号军已引来另一号军，两人训练有素，抖出一块白布，蒙头盖脸把孟俊郎罩住，抬出号舍，走到墙边，爬梯上墙，扔了出去，摔出孟俊郎一声惨叫。

两号军回转来，给孟俊郎的号舍撒了两层石灰，然后将其堵死，贴了个"封"字。附近士子皆埋头答卷，不予理会。独张元伯站在号舍外，挓挲着两手，兀自不知所措。

老号军道："还不快回去做卷！"

元伯木然回到号舍坐下，心念却万马奔腾，一念推一念，犹如过大关："若不施救，孟俊郎熬不到天亮，生死存乎自己一念；若自己去救，此届乡试又前功尽弃。救或不救，本不必犹疑；此时此刻，却不能不千肠百结。自己已考十二载矣！第一次备考不足，技不如人。第二次分得底号，粪水集于身旁，翌日即被熏晕过去，被弃墙外。从那次起，自己被传为瘟神，士子皆躲，生怕沾上晦气。是啊，一个被粪水熏晕的士子，很难不被视为笑柄！第三次，信心十足，但竟然没有考。六年前自己已经站到了明远楼门口，将要踏进号舍的时候却放弃了，人们都说张元伯怕了，疯了，但只有自己知道为何不考。那是一生的秘密。恨，又不知该恨谁。说，都不知该向谁说。第四次，万事皆备，但考前三日忽接一封来自齐云山当地里长的信函，信上报瘟神庙于正月十五夜间失火，父母被大火双双烧死，已由地方出资安葬。何止晴天霹雳！双亲遽逝，悲也恸也！况大明律令，士子丁父母忧，不得赴试。屋漏遭雨，雪上加霜。自己亦确曾想过，瞒下此信，乡试考过再说，但终不能因此信背弃另一个'信'字，没有赴考。第五次，亦即这一次，幸运地被分到信字号号巷，又被分到巷中，没有巷首的风吹雨淋，没有巷尾的粪水熏染，定是玉灯请的幸运符之神力。本以为这一次自己不会再辜负她，不会再辜负已故双亲。的确，答卷很顺利，三篇四书，四篇经义，共七道题目已答完六道。只需再写完最后一篇，当有中举之望。但孟俊郎近死矣！的确，他非友非朋，并辱我伤我，令人甚厌之。但我知他被弃那段墙外，乃秦淮河边一片孤坟乱岗，即非孤坟乱岗，也无人会救一个'疫鬼'。但若出去施救，考卷当场作废。十二年光阴虚度，又一届乡试付诸东流。玉灯在等我，用尽所有希冀；父母在中阴险境等我，用尽唯一轮回。呜呼！我曾多次梦见他们，我的父母，为等我本届乡试消息，始终没有轮回。他们于中阴险境中徘徊得太久，逾了七七四十九天期，又逾了九九八十一天期，已成孤魂野鬼！哀哉！哀哉！但他们不悔，因他们不甘。的确，我亦不甘！但孟俊郎近死矣，而眼前六篇道德文章乃我之所书，我手写我心，字字铿锵，句句磐石，曰人必有信,人而无信,不知其可也;曰言出必行,大车无𫐐,小车无𫐄,其何以行之哉,曰人而无礼,胡不遄死……既如此,救或不救,又岂能犹疑!"

元伯念推至此,猛地起身,打开桌板,走出号舍,向号巷口走去,老号军冲过来拦住道:"封巷期间,不得外出。你待要做什么?"

张元伯指墙道:"我去救人。"

老号军怒道:"你疯了吗?!那人发了瘥疟,已是'疫鬼'!做好人也得分时候。三年一次,机不可失,时不再来!快回去做卷,别误了功名!"说着硬推张元伯回号舍。

元伯知其好意,不愿逆之,心生一计,突然倒地,作搐动状,类孟俊郎刚才情形。老号军无可奈何,只好再唤来一号军,两人手法照搬,裹好张元伯,沿梯上墙,将他竖放了下去。

元伯挣扎出裹布,探了探孟俊郎的鼻息,然后背起他,走进了无边黑夜。

十四　上元节：一约既定，千山无碍

瘟神张元伯背着疫鬼孟俊郎走遍全城，竟找不到一家医馆收留诊治。更有暗中掷出的瓦砾石块，想将二人赶出城里。"瘟神！疫鬼！滚出去！不要坑害我们！"斥骂之声不绝于耳。孟俊郎恍惚弥留之际问元伯道："你是瘟神，疫鬼又是何人？"元伯苦笑不语。孟俊郎忽悟道："原来是我。我成疫鬼矣。与君同命耳！"内人又去找书童，书童亦避逃回乡了。终还是玉灯和梅秀才偷偷收留了二人，给他们密封了一间房。梅秀才配药炮制，玉灯送饭递汤。三五月后，孟俊郎调息过来。中间这三五月中，二人不得外出，朝夕相处，又无他事可做，便扯些闲话，叙些心事，渐至前嫌尽释，无话不谈。一日，二人谈至兴处，结为兄弟。元伯年长两岁，孟俊郎拜元伯为兄。二人颇有白云苍狗之感、沧海桑田之慨。

又一日,逢上元灯彩之夜,孟俊郎于房内整治了一桌菜肴,开了一坛秋露白,邀张元伯对饮话别。透窗望去,一片华彩,亦能望见明远楼前旗杆上被灯火时时照亮的那颗干枯的头颅。

孟俊郎端杯郑重道:"因小弟之疾,误兄功名,甚感不安。"

张元伯:"士以信义为重。功名富贵,不能比拟。"

孟俊郎:"若非兄长几个月来调治照顾,小弟已在黄泉。此恩难报。"

张元伯:"此去珍重。"

孟俊郎:"辞别在即,小弟尚有两个疑问。"

张元伯:"请讲。"

孟俊郎:"有两届乡试兄没考,一次是丁忧之阻,另一次呢?"

张元伯沉吟道:"那届乡试,我隔壁住一考生,看衣着,知是权贵子弟。试前几天,一个深夜,我正读书,忽被声音所扰,听隔壁竟来一位考官对其泄题。我想回避,已来不及。如此,我无意知晓了当届考题。如若我依然赴考,岂非等同作弊?"

孟俊郎惊道:"兄本无意而知。何苦为难自己?"

张元伯:"毕竟已知。"

孟俊郎:"无人知你知。"

张元伯："己知足矣。对人有信，对己亦应有信。"

孟俊郎："那权贵子弟高中否？"

张元伯指了指明远楼前那旗杆上之头颅，叹道："泄题之事终究案发，他被砍头祭旗，以儆效尤。"

孟俊郎倒吸一口冷气道："兄端的有远见！"又道，"还有一问，兄闱场之中为何救我？"

张元伯："为一诺。"

孟俊郎："何诺？"

张元伯："我曾许诺救你。"

孟俊郎奇道："何时？我怎不知？"

张元伯："在闱场答'父子有亲君臣有义夫妇有别长幼有序朋友有信'一题时，我曾就朋友有信，举你我为例，意为即便非朋非友，亦应言而有信。"

孟俊郎："你对我并无言。"

张元伯："有过。在你打油诗辱我时，我曾莫名生出一念：'此人如此辱我，改日他若遭难，我当如何处之？依然要帮。'此为心诺。有此心诺，我方助你。"

孟俊郎肃然举杯道："受惠！受教！兄乃信士也！请受小弟一敬。自此杯酒起，孟俊郎亦必做信士也。此前之诺，此后之言，均以兄为典范。"

二人饮尽杯中酒。一坛秋露白已空。

张元伯慨道："此一别，不知何时再见。"

孟俊郎："此一别，来年上元灯彩之夜再见。"

张元伯一愣道："何出此言？"

孟俊郎："我今痊愈，回乡处理杂务。今日跟兄定约：来年上元灯彩之夜，我必来跟兄相见。如何？"

张元伯："诺。"

孟俊郎："一约既定，千山无碍。"

张元伯："一诺既出，万年无阻。"

窗外，升腾起一片火树银花，夜空灿如星河。

十五　又一处瘟神庙：九连环

孟俊郎与张元伯话别以后，先去青楼给之前许诺过的数位女子赎身，颇令他意外的是，有两位女子却并不愿被赎。然后他又辗转去了淮安府山阳吴承恩家，与他一笔银子，告诉他你只要把那孙大圣的故事写出来，就用此资印书。吴承恩得此资助，写书倍加勤勉。孟俊郎自山阳回到休宁，报平安，理杂务，践之前诸多许诺。

闲话不叙。只说孟俊郎忙完诸事，掐好日子启程，奔赴上元灯彩之约。初时皆顺风顺水，但谁料一天，孟俊郎急于赶路，错过了集镇店铺，晚上风雪忽来，他想找个地方躲避，但四围一片荒凉，没有人家，只好深一脚浅一脚冒雪前行，忽然月光下密织的雪花中一座庙宇出现在他面前，门额写有三字：瘟神庙。孟俊郎生出不祥之感，本不欲进去，奈何周围风雪茫茫，路途不辨，恍如天绝地断，便只得进去暂避。

此瘟神庙甚简，仅一正殿，携两间耳房，就荒已久，无有人迹。孟俊郎点亮随身灯笼，迎面竟然看见立着的一尊塑像与张元伯容貌极像，大惊失色，往前再瞧，见塑像石座有字：

瘟神　张元伯

孟俊郎失声痛哭道："兄长啊，上次一别，你怎就走了呢！"忽又停住，忖道："不对。他那个瘟神是外号，这个是封号啊！即便是元伯兄死了，也不会这么快被封神啊！"

刚念及此，忽然庙外传来急促杂沓的脚步声。孟俊郎忙吹灭灯笼，躲到瘟神塑像背后。脚步声进来，两条黑影，点亮两支火把，插于像前案上凫中。孟俊郎瞥眼过去，是一老一少，二人蒙面，进来后把蒙面巾扯到脖颈，直喘粗气。

少者把一个袋子扔到地上，得意道："大爷，这票干了把大的！咱们赶紧分吧，别让人瞅见。"

老者道："急什么，又风又雪的，谁来瘟神庙找晦气。先让我拜拜元伯大神再说。"

原来是两个山贼！

老山贼走到张元伯像前拜道："元伯大神在上，请受小老儿一拜。祝您吃香的喝辣的，走路遇不见劫道儿的！"

小山贼："大爷，他一瘟神，你就别拜了，你每次一拜我心里就哆嗦。拜瘟神，不吉利啊。"

老山贼笑道："不正是这瘟神，这儿才没人来吗？"

小山贼望向瘟神像，忽有所悟道："对啊。要这么说起来，还得感谢这位瘟神哥哥呢。大爷，你说他这么年轻，怎么成的神啊？"

老山贼："不是我说你！你说你什么都不知道，怎么干咱们这一行啊！"

小山贼："我这不一直跟您学嘛。您见多识广，这瘟神是个什么来路想必您也知道吧？"

老山贼："这是我的一个老窝儿我能不知道吗？！我这一辈子，稀奇古怪的事儿装了一肚子。今天就给你盘盘这瘟神张元伯。这么说吧，以前，这座庙不是这位张元伯驻扎。"

小山贼："那是谁？"

老山贼："疫鬼。"

小山贼一激灵道："疫鬼？"

老山贼噗、噗两声，把两支火把吹灭，黑暗中说道："疫鬼睚眦必报，怨气十足，不按套路出牌。谈论他，不能见光，以免惹祸上身。很多很多年前，这座庙不叫瘟神庙，还叫疫鬼庙。那也是一个风雪之夜，有个书生，就是这位张元伯，赴京赶考，大雪茫茫，北风呼啸，他饥肠辘辘，找不到村落店铺，不得已落脚在这疫鬼庙里。那一夜，正是上元节，有人烟处，无不有烟花灯火。但这疫鬼庙，却冷冷清清。张元伯又累又饿，就睡在疫鬼塑像的后边。"

说着老山贼指了指塑像后，孟俊郎吓得往边上挪了挪，似乎自己挤占了那位书生张元伯的地方。

老山贼继续讲道："突然，张元伯被脚步声惊醒，他睁开眼，从疫鬼塑像背后瞧去，进来了一个老头儿。老头儿提着一个食盒进来，走到疫鬼跟前打开，拿出一壶米酒，一只烧鸡，摆好，就跪下了，说：'这位神老爷，我是本地李家屯的族长，今逢上元节，代李氏族人去天官庙献供，求天官赐福。风又大，雪又急，我就迷了路，不想走到了您这庙里，我实在找不到去天官庙的路了。我不识字，也不知道您是什么来路，不过我想凡庙都是神仙菩萨，你们也应该都互相认识，串个门儿的工夫就把我们这点心意捎到了。一壶米酒，一只烧鸡，您跟天官老爷见面分一半吧。祈求天官降福，风调雨顺，远离瘟疫，老少平安。'老头儿很诚心诚意地磕头，留下酒和鸡，退出去走了。这时，那又饿又冷的书生张元伯看着酒和鸡，走出来了，走到供桌前，对着疫鬼抱拳拱手道：'对不住了。'"

小山贼："给疫鬼上的供他也敢吃呀？"

老山贼："人要饿了，没法子呀。这张元伯拿起鸡和酒狼吞虎咽地吃喝起来。正吃着，他突然又听到有脚步声，赶紧躲到疫鬼像后，这次他看见，进来的是一个妖怪，好听叫一目五先生，不好听叫一眼鬼。这是一只五妖连体的怪物，其中四妖没有眼睛，只领头鬼金猴有一独眼，一眼鬼全靠这独眼看路。"

小山贼："其余四只妖怪的眼睛呢？"

老山贼："被疫鬼没收了，只给他们留了独眼辨路。这一眼鬼用鼻子嗅人，能辨出对方是好人坏人还是不好不坏的人。若是好人，放过；若是坏人，也放过；若是那不好不坏的人，却会吃掉。"

小山贼松口气道："咱俩肯定算坏人，应当不至于被吃掉。"

老山贼笑道："给你个棒槌你还当针哪！我讲的是从前不知道多少年的事儿了，就这一眼鬼我估计没准儿都死了。"

小山贼："然后呢？"

老山贼："然后，一眼鬼就在庙中搜寻啊，搜着搜着就嗅到了塑像背后的那张元伯。嗅了一下，领头鬼金猴说：'这是个好人。正直守信，重情重义，不能吃。'其他四妖就抱怨说：'这都白忙活一天了！还饿着肚子呢！'又开始四处用鼻子嗅起来。"

小山贼慌道："大爷，我怎么感觉好像有人在嗅咱们？"

老山贼："你那是吓的。"

孟俊郎忽也似感觉有人在嗅，缩紧身子。

老山贼又继续讲："这时候突然出现一个声音叫道：'一眼鬼！'一眼鬼问：'谁，谁喊我？'说话间只见疫鬼的塑像突然像一盏灯亮了，黑亮黑亮的！疫鬼现真身了！一眼鬼赶紧恭敬说道：'大王，您现身了，您受累了，您吩咐。'疫鬼问：'上元节，其他庙宇道观收成如何？'就见一眼鬼不知从哪里扯出一个骨头打磨出的算盘，伸出几只手，噼里啪啦打着，说：'大王，天官庙今晚的收成超出了我的算力。'疫鬼说：'那就先算各地城隍庙吧。'一眼鬼说：'好的大王。各地城隍庙共收香一百二十五万六千八百二十六根，烧鸡三十七万五千二百六十一只，酒一万三千斤，馒头十六万个，果子八万六千三百三十八个……'疫鬼不耐烦地说：'知道了，算算从来都收得最少的土地庙吧。'一眼鬼说：'土地庙收香共二十六万七千……'疫鬼又生气地打断说：'不必算了，就算咱们疫鬼庙吧。'一眼鬼说：'各地一百六十三座疫鬼庙共收酒一斤、烧鸡一只。'疫鬼恼怒不已，说道：'就这一只鸡一壶酒，也是那李家屯送错了庙门。人间尽是势利眼。可恨哪！疫鬼不发威，拿我当病猫呢。一眼鬼！'一眼鬼齐声喊在。疫鬼吩咐他们：'到了我以身说法的时候了，给他们点颜色看看，收一收劫数中人，让他们知道一点我万鬼之王的手段，养成给我上供的习惯。你们现在去李家屯，给李家屯的水井中投下引发痃疟之药。去吧。'一眼鬼却没动，疫鬼问怎么回事，一眼鬼说：'大王，虽然只有一只鸡一壶酒，但不管供奉多少，您都是受供奉的神，说话得算话啊。'疫鬼说：'我说话不算话吗？'一眼鬼说：'您答应过我们，只要我们帮您做三件事儿就还给我们眼睛，让我们分体。'疫鬼问他们做够了没有，一眼鬼说他们已经做了三十三件事儿了。这疫鬼也是个好样的，承认了，说：'哦，供品全无，鬼仓空虚，我最近心虑肝焦，有些事记不清楚了。这样吧，我现在赐还你们眼睛，让你们分体，你们去给我办好此事。如若不成，你们五个人即便分了体，我也诅咒你们怨憎会——你们还会牢牢地纠缠在一起，一个勺吃饭，一个碗喝水。'一听可以分体，一眼鬼高兴得不行，忙说：'大王，我们定能完成！'这疫鬼就起势作法，念咒道：'九连环，连九环，连环九，九环连，环一环扣一环。解连环，断九连。解！'这一眼鬼就暂时解体了，他们那个高兴呀，那真是手舞足蹈啊。"

小山贼："这一眼鬼到底什么来路啊？怎么心甘情愿给疫鬼干活儿？"

老山贼冷笑道："怎么会心甘情愿？那都是被逼无奈呀。本来一眼鬼这种怪物，都是孤魂野鬼搅和到一块形成的，轮不到五妖去当这种埋汰鬼。鬼比妖低多了。而且这五妖来路可不凡，是金猴、木鱼、水蛙、火鸟和土牛，都是修炼多年的妖了，他们本来可以像八仙那样互相帮衬，最终位列仙班，但是他们互相猜忌，互相下绊子，妖品妖德太低，被疫鬼抓住了要害，用一个叫九连环的法器把他们锁到了一起，他们互相憎恨对方但必须时时刻刻跟对方搅和在一块儿，佛法里管这叫怨憎会。然后这疫鬼就驱使五妖为自己所用。他许诺只要五妖完成三件事儿，就让他们解体，但五妖每完成三件事儿，疫鬼就食一次言。五妖也没有解脱九连环的法子，只能寄希望于疫鬼下一次能说话算话。"

小山贼："大爷，咱俩不是怨憎会吧？"

老山贼："咱俩叫有缘人。哎，你别老往咱俩身上扯。咱们就说这五妖狂舞大笑着出了疫鬼庙后，那书生张元伯从塑像背后走出来，愤怒地看着疫鬼，说道：'你身为神灵，怎能为害众生？'疫鬼冷笑一声说：'你没资格质问我。'张元伯道：'天下人，人人都可质问你。'疫鬼哂道：'天下人都可以，唯独你不可以。'张元伯倒愣住了，问这却是为何，疫鬼说：'张元伯，你扪心自问，有没有伤害过谁？'张元伯想了想说没有，疫鬼又问：'从来没有？'张元伯答：'从来没有。'疫鬼说：'前世呢？前前世呢？无数的前世呢？'张元伯道：'我凡夫俗胎，不知人究竟有无前世。'疫鬼说：'那你怎么敢确定你从来没有伤害过谁。'张元伯说：'现在没时间跟你辩这个。你应该召回你的手下，不要为祸人间。'疫鬼说：'晚了。痄疠之药已下，后果不可挽回。'张元伯斥道：'你白吃人间的供奉了！你有罪！'"

小山贼："大爷，是张元伯吃的那供奉啊。"

老山贼道："你终于听明白这故事的咬头了！这时那疫鬼哈哈大笑说：'我吃了吗？这只烧鸡和这壶米酒我动过半口吗？是你吃了这供奉！要说有罪是你有罪！'张元伯张口结舌竟说不出什么，他想了想，提起酒壶和吃剩的半只烧鸡揣到怀里，转身就走，说：'我去告诉村民们'。疫鬼说：'他们不会相信你的'。张元伯径直跑出了庙门，疫鬼狂笑不已。"

小山贼："大爷，张元伯告诉村民了吗？"

老山贼："哪有那么简单。张元伯跑到李家屯村头，风狂雪猛。他站在村头大喊：'李家屯的父老乡亲！大家快起来！有人向井中投毒！有人投毒！'话一出口，就被狂风暴雪淹没了。他又去拍人家的门，却被当成乞丐，村民放狗来咬。无奈之下，张元伯想了一个法子。"

小山贼："什么法子？"

老山贼："他想把李家屯的草垛给点了。"

小山贼："啊？"

孟俊郎在塑像后也差点"啊"出来。

小山贼："亏他想得出来！够狠！比咱俩都狠。"

老山贼："这张元伯想到做到，他走到草垛旁，掏出火石，哆哆嗦嗦擦燃火信，引燃了草垛。草垛腾起火苗，接着大火就起来了。李家屯一时锣鼓齐鸣，李族长带领村民们纷纷提着灯笼，端着脸盆水桶出来救火。他们发现了站在火堆前的张元伯。李族长厉声喝问是谁，张元伯忙上前通报身份，李族长问他在这儿干什么，这火跟他有没有关系？张元伯老实回答说火是他放的。这还得了！李族长率领几个村民一下把张元伯围了起来。其余村民忙去救火。张元伯向他们耐心解释道：'你们听我说，有人给你们村里的水井下了毒，我想来告知你们。但这风雪太大了，我喊话你们听不见，敲门你们又放狗，我迫不得已就点了你们的草垛。'李族长问：'下毒？谁给我们下毒？你怎么知道的？'张元伯说是疫鬼。李族长说：'别说没见过鬼，就算真有鬼，也真有疫鬼，天下这么大，为什么单给我们村下毒？'张元伯从怀里掏出那半只烧鸡和半壶米酒让李族长看，李族长一把夺过，说：'这不是我们李家屯孝敬给天官老爷的供奉吗？怎么在你这儿？'张元伯说道：'李族长，今天晚上风大雪急，您迷了路，没有找到天官庙，而是走进了疫鬼庙，将这供奉给了疫鬼——'李家屯村民们惊道：'啊？族长，你去供奉了疫鬼？！疫鬼怎么能供奉！'李族长见情势不妙，怒斥张元伯道：'你胡说八道、血口喷人！我年年都去天官庙上供怎么会走错？我明明走进了天官庙，供奉给了天官老爷，让他保佑我们风调雨顺、五谷丰登、远离瘟疫、老少平安！'张元伯没想到李族长一口否认，也有些傻眼。"

小山贼："大爷，这李族长他明明走错了，怎么不承认呢？不是个好样的！"

老山贼："白跟我混了！这种情形他敢承认吗？承认自己没尽责？他这族长还能当吗？以后在村里还抬得起头吗？"

小山贼："您老说得对！然后呢？"

老山贼："然后李族长凑近张元伯，用鼻子闻了闻，一迭声地说：'你喝酒了你吃肉了，你喝的是不是我供奉的酒你吃的是不是我供奉的烧鸡？'这张元伯不能不认，只能答是。李族长说：'你偷吃了我们的供奉，又来放火，讠污贱我这一族之长，你究竟是哪方恶人？'张元伯急道：'李族长，这些咱们以后再论，眼下最要紧的是把水井封了！疫鬼已经派他的手下给你们投了瘴疟之毒！'李族长命村民举起灯笼，照亮水井，说：'大家看，水井边上一片雪白，要是有人投毒，怎能不留下脚印？'张元伯说：'疫鬼派出的是一群妖怪，或能御风而行，不留痕迹！'李族长说：'越发荒唐了！老少爷们儿，此人偷吃我们给天官老爷的供奉，又污蔑我错供疫鬼引来灾祸，最后给我们李家屯放了一把大火，把我们的粮草给毁了，这下要青黄不接了！要说有疫鬼，此人才是疫鬼！给我打！打死算我的！'村民一拥而上，殴打张元伯，张元伯无力抵抗，被打倒在地，奄奄一息，还念叨着封井快封井！这时疫鬼和五妖御风而来，脚不沾地，村民们看不见疫鬼和五妖，只一个劲儿打张元伯。疫鬼跟张元伯说：'我说了，他们不会相信你。这是我给他们的劫数，你救不了他们。'张元伯道：'我吃了他们的供奉，就会救他们！'李族长说：'他还在说疯话，给我继续打！'疫鬼笑着说：'我倒要看看你怎么救他们。'张元伯突然弓起身子猛一下站起来，挣脱了村民，跑到水井边，毫不犹豫地跳了进去。村民们一声惊呼。五妖也目瞪口呆。金猴说：'大王，遇到这号拼命的，我们妖也没法子啊。'疫鬼说：'不管怎么说，你们失手了，继续听我号令吧。'说完他们隐身飘走了。"

小山贼："这张元伯了不起！"

老山贼："张元伯为了拯救李家屯这一方百姓，跳井自杀，村民们把他捞出后，看到他身上显出了瘥疬的病象，才恍然醒悟这张元伯真是来救他们的。后来这一方老百姓感念张元伯的大恩大德，就给他塑了这像，疫鬼庙从此也改为了瘟神庙。"

小山贼："那疫鬼还不得给气死啊？"

老山贼:"气归气,疫鬼可没那么容易死。疫鬼庙改成瘟神庙以后,他招来五妖,跟它们说自己跟张元伯数百年前就打了死结,本来想在这一世了了,没承想他死了却还被尊为神了,让五妖继续追踪张元伯。"

小山贼:"大爷,张元伯既然被尊为神了,怎么还得投胎转世?"

老山贼:"五妖当时也有此一问,疫鬼说张元伯是民间封的神,还不在谱儿上,该投胎还得投胎。五妖让疫鬼给它们一点追踪的线索,疫鬼说,接下来有一世他还叫张元伯,出生在此地往西南三百里的地方,依然是个书生,依然还会赶考,这是他魂魄中不灭的执念。五妖就得令而去了。这故事好听吗?"

孟俊郎悄悄向瘟神张元伯敬佩地抱拳作揖。

小山贼却突然哭了,泣不成声。

老山贼:"咦?哭抽抽了?我讲得有这么好?"

小山贼起身向张元伯鞠了一躬,说道:"元伯大神在上,受小的一拜!"又对老山贼道:"大爷,您讲得太好了。张元伯一诺千金,说到做到。大爷,我也要向您鞠一躬,您跟张元伯有一拼,您也是说到做到的人啊!"

说着给老山贼鞠躬。

老山贼:"平身平身!说到做到那是必须!干咱们这一行,不守信,难长远。"

小山贼话锋一转道:"既然如此,那分成的抽头是不是该变一变了?"

老山贼警觉道:"什么意思?"

小山贼:"大爷,以前咱们是二八分,您八我二,您说等我上道了,就五五分。今天咱们这一票,您放风,我上的手。您看我的表现,是不是胆大心细?是不是万无一失?是不是手到擒来?您年龄大了,翻墙蹿瓦挥拳动刀的活儿干不动了,以后您就放风,我动手。咱们五五分。"

老山贼牙根紧咬道:"你在这儿等着我哪!我不同意!"

小山贼:"您说话得算话呀!"

老山贼:"我说话算话啊!我说的是等你上道了就五五分,我认为你还没上道。就凭你现在这三脚猫的身手,也配跟我对半分?"

小山贼:"那怎么才能算上道?"

老山贼:"我说你上道时你才算上道。"

小山贼:"大爷,你这是疫鬼手段啊。你应该向瘟神张元伯学。这次咱们就五五分了!"

说着俯下身子去拿那个袋子,老山贼上前去抢。两人你抢我夺,老山贼渐渐落了下风。

孟俊郎紧张地看着俩山贼火并,几次想逃,都没机会。老山贼见自己不敌,忽然心生一计,喊道:"疫鬼！疫鬼来啦！"小山贼一愣神，被老山贼飞起一脚，正蹬在心口窝上，小山贼惨叫一声，被踢到了塑像后边，后脑勺磕在石座一角，竟然一翻白眼，死了。孟俊郎忍不住叫了一声，老山贼惊觉有人，箭步过来，掏出一把匕首就捅到了孟俊郎身上，同时把蒙面巾拉到了脸上。

孟俊郎叫道："完了完了，我死矣！"

但两人却惊奇地同时发觉并没有血出来。老山贼伸手一摸，从匕首尖下掏出一块牌子，是奉旨乡试那块牌子挡住了匕首。

老山贼念道："奉旨乡试。"看向孟俊郎，"你是考生？"

孟俊郎觉有生机，忙点头答是，老山贼竟有些犯难了，说道："你先别动，动就没命。让我想想。"说罢，拿着奉旨乡试的牌子原地转圈，自语道："奉旨乡试，奉旨乡试。大明律令，凡考生赴京应试，沿路关卡免验放行。"又问孟俊郎，"我算沿路关卡吗？"

孟俊郎："算。当然算。"

老山贼："我一山贼，也得听官府律令吗？"

孟俊郎："山贼杀了人，也会被官府缉捕对吧？"

老山贼："这个当然。"

孟俊郎："这就是说你们山贼也在律令管辖之内。得听。"

老山贼点头道:"有点道理。你是考生,我不杀你,可以放你走。"

孟俊郎大喜,忙向外走。老山贼却忽想到什么:"等等!我刚才赶过来用匕首捅你的时候,蒙面巾还没有拉严实,你是看见我的模样了还是没看见?没看见,你就走;看见了,你就走不了了。我的话你听明白了吗?"

孟俊郎:"明白。"

老山贼:"那你刚才是看见了呢还是没看见?"

孟俊郎回想片刻,说:"我看见了。"

老山贼甚是别扭,他本意是威胁孟俊郎,让他看没看见都装作没看见,把这事儿忘了。谁承想他竟说看见了!

老山贼:"你看见了?你真看见了吗?"

孟俊郎:"我看见了。"

老山贼哭笑不得:"给我句话证实你看见了。"

孟俊郎:"你酒糟鼻,嘴角有颗黑痦子。"

老山贼怒从心头起,舞起匕首道:"既然你看见了,就不能走了。回来!"

孟俊郎只得回转。

老山贼:"我还是按规矩来,不杀你,还可以放你,但你得许我一句话,出去以后不报官。如果有人问起,也不能说出我酒糟鼻、黑痦子。"

孟俊郎为难地摇头："这我不能许。"

老山贼："那你就是逼我杀你。"又苦恼道，"但我确实不想杀你。放已经没法儿放了。杀，还是不杀呢？你这人让我好生犯难啊！"

这时五妖忽然从瘟神庙中各角落现身，踏歌而舞，唱一首自编的歌谣：

> 笨山贼，瞎胡闹，
> 恩怨难了冤冤报。
> 孟俊郎，傻老帽，
> 作茧自缚入了套。
> 一笨一傻凑一起，
> 可笑可笑真可笑。

老山贼和孟俊郎惊讶地看着围过来的五妖。

老山贼惑道："你们什么人？"

五妖唱道：

> 我们不是人，
> 但也不是神。
> 此刻来现身，
> 专治你的蠢。

孟俊郎对老山贼道:"你还没看出来吗,这就是你刚才那个故事里讲的金木水火土五妖啊。合体一眼鬼,分体乃五妖。"

老山贼惊讶道:"五妖?真有五妖?真有一眼鬼?我讲的那不只是个瞎话儿吗?!"

五妖狂笑,唱道:

> 执迷不悟的人哪,
> 你想到的一切都是真;
> 画地为牢的人哪,
> 你见到的一切都是假。
> 你看那水中月也是天上月啊,
> 镜中花不也是院中花;
> 你看那故事里有你也有我啊,
> 还有一个他。
> 笨山贼,你别磨叽,
> 手中刀也是心中刀啊,
> 就问你想杀不想杀?!

老山贼不自觉随了五妖曲调,恼声答道:

> 我想杀,但我不能杀,
> 人头可不是地里的瓜。

又怒对孟俊郎道：

> 你这个蠢货真是傻，
> 只要许我一句话，
> 拔腿你就能出发！

孟俊郎也随了五妖曲调唱道：

> 要放你就放，
> 要杀你就杀，
> 我心由命不由我，
> 信士口中不说假。

五妖鼓噪道：

> 杀杀杀！杀死黑夜是黎明！
> 杀杀杀！杀死过去奔前程！
> 杀杀杀！只要是人就会死！
> 杀杀杀！何不早屼早托生！

老山贼捂头痛苦道：

不！

不能放，也不能杀！

我的心头有块疤！

五妖：

啊呀呀，啊呀呀，

不能放来不能杀。

啊呀呀，啊呀呀，

你心头有块什么疤？

老山贼松开捂头的手，说道："这桩事情一直烂在我肚子里，今天就跟你们讲讲吧。唉，我原以为五妖啊疫鬼啊都是假的，是瞎话，没想到真有。我的事儿跟你们比起来没什么讲头，但我可以说句句为真。"

金猴道："别废话，快讲吧。讲得好，假的也成真；讲不好，真的也变假。"

水蛙道："刚才讲我们的瞎话，讲得不错；讲你自己的真话讲不好，我们饶不了你！"

老山贼苦笑道："我尽力吧……"

十六　老山贼：照见快活岭

这事儿说起来，还是我年轻的时候，做山贼时间还不长，没有徒弟，也没有同伙，一个人跑单帮儿。我做山贼的那个地方叫快活岭，岭边是个悬崖，悬崖下有条河，叫白鹤溪，风光好得很，不打劫的时候，在那儿吹吹风都很凉爽。那是个夏天，我埋伏在一棵树上，等待可以劫的有缘人。虽是做山贼，但我入行就给自己定了一个"三不劫"的规矩：一不劫老人妇女孩子，二不劫官差，三不劫僧道尼姑。除此之外，还有能劫不敢劫的，比如两人以上的我就不敢劫，怕打不过人家再被人劫了。所以我能劫的人就不多了。有时候十来天都碰不到一个可以劫的有缘人。那天，我饥肠辘辘，头脑昏沉，但终于等来了一个！

那是一个赶考的老秀才，没有书童，自己背着箱笼，六十多岁，方巾襕衫，脚蹬皂靴，须眉皆白，一看就可以劫。我打起精神，掏出匕首，从树上跳下来，大喊一声"留下身外物，快且逃命去"，然后用匕首将那老秀才逼到树下，那老秀才年纪太大，我觉用强胜之不武，就想以理服人，我说我现在一刀进去，就可以把你杀了，然后抢走你的东西。对不对？老秀才点头。我想这倒不是个糊涂人，我继续说道，但我不杀你，你是不是赚回了一条命？老秀才说是。我就伸手把他背上的箱笼和腰间的盘缠取走，说我不杀你，只拿走你的身外物。你带着赚回的一条命走吧。说完我收回刀子，但那老秀才却没有走，他说我不能走，我没有身外物，你拿走我的东西就跟取我命一样。我说怎么能一样？破财免灾。财能跟命比？

那老秀才说道："我今年六十六岁了，最后一次赶考了。出发前我去父母坟头上说了一句话，我说为了筹集这次乡试的盘缠，把祖房也卖了。如若这次还未中举，我就以身殉道。你把我盘缠给抢了，我还怎么去赶考？这不就是杀我吗？"

我继续讲理，说："我是山贼，抢你就是我的本分。你也不要卖惨，我劫的人多了，被劫以后，你们个个都是满嘴谎话，上有老下有小啊，家里就身上这点钱啊，这样的谎话我一眼就能识破。"

那老秀才说我说的是真话。我说你赶紧走吧，别把命搭在这儿，你的话我不会信的。老秀才说那我就让你信。说着他往旁边走了几步,纵身跳下了悬崖,还留给了我一句话的回音,说的是:"现在你信了吧?"

我目瞪口呆,想不到有这样暴烈决绝的人,我扯下蒙面巾,走到悬崖边上,看见他跌入了白鹤溪。我当时暗暗叫苦,何必啊,你这老秀才何必啊!我只想谋财,没想害命啊!

突然就害了一条人命,我不禁有些恍惚,跌跌撞撞往前走,就在这时,我却误入了另一伙山贼的地盘,猛地就被一条麻袋蒙头盖住。唉,人做亏心事,必有鬼敲门。本来我跑单帮儿的就得万事小心,谁知却闯进了人家的地盘。等他们摘掉我头上麻袋的时候,我发现被带到了一伙山贼的巢穴。

那是一个山洞,山洞中间有一堆篝火,上边吊着一口锅,锅里是冒着热气的牛肉汤,篝火旁坐着一个蒙面的山贼头领,虽蒙面,但一看就比我气派。另外还有两个山贼,也蒙着面,一左一右架着我。那山贼头领起身走到我身边,把我抢来的那个老秀才的箱笼盘缠取下来,打开翻检。我不能坐以待毙,瞅准时机,突然挣脱了俩山贼,跟三个山贼打斗起来。

为抢这份东西,已经沾了一条人命,我不能轻易被他们劫走。但突然,打斗中我失手扯下了对方山贼头领的蒙面巾,我知道完了。其实我们做山贼的,从不轻易杀人,但一旦被瞅见了长相,那对方就只能死路一条了。我心一凉，一愣神，被他们制伏在地。果然，那山贼头领说："他看见我脸了，不能让他活了。"

另外那两个山贼一个反剪住我，另一个掐我的脖子，我渐渐动不了了。那一刻，我看到眼前出现了一片蓝莹莹的光，有点像白鹤溪春天的水面，又有点像快活岭秋天的晴空，我甚至感到很舒服，我看见刚刚跳下悬崖的那个老秀才在蓝光中向我招手，让我跟他走，我就放弃了挣扎，但就在这个时候那山贼头领却大叫道："奉旨乡试？住手！住手！这是个考生。考生咱们不劫，更不能杀。"

另外俩山贼提醒他说："大师兄，他看见你脸了。"

山贼头领说："他就是看见我的脸了，也不能杀他。咱们入行时在师父面前立过誓，赶考的书生不劫。"原来他们这伙山贼也有个规矩。

另外俩山贼说："大师兄，师父出道前赶过考，对考生网开一面可以理解。但现在师父已经死了，咱们又没赶过考，跟他们犯不着客气啊。"

山贼首领说："人死了，话还在。"

另外俩山贼说："那怎么办？他可认得您了！您要不杀他，我们也没法再跟您了。"

那山贼头领想了好一会儿，拿起麻袋，走到我跟前，踢了我几脚，我其实醒了，但我假装还昏死着，他探了探我的鼻子，说还有气儿，能活。说着把麻袋重新蒙到我头上，我从麻袋缝隙中看见，他转身走到篝火前，拿起一块烧焦的木炭，看了看，深吸一口气，猛地往脸上一糊——吱啦，又拿开。另外俩山贼吓得叫出了声。不瞒你们说，我也差点叫出来，但硬生生憋住了，否则我活不到今天。那山贼真是硬气，冷静地把木炭扔回到火堆里，说他以后不会认得我了，抬出去吧。

就这样我用那老秀才行李中奉旨乡试的牌子捡了一条命；他因我而死，又是一条命。我欠那老秀才两条命。之后我做山贼到今天，再也没劫过考生。做贼，总要有一处不贼的地方。因此，我无论如何也不能杀掉他。你们也许会问，我想没想过，用那个山贼首领的办法把自己的脸给毁一下子，我当然想过。但是我老娘九十多岁了，现在谁都不认得了，只还认得我，如果我把脸毁了，这个死心眼儿的书生虽指认不了我，但我娘从此世上就一个认得的人也没有了。唉，难啊！

十七　瘟神庙：杀身成仁

老山贼讲完，抚膺长叹。

五妖又唱道：

> 会看的看门道，
> 不会看的看热闹，
> 眼前这个解不开的套，
> 看上去荒诞又可笑。

> 火树银花不夜天，
> 上元灯彩夜又到，
> 孟俊郎他怎么办，
> 我们五圣也难料。

于是，孟俊郎赴约之路就断送在这瘟神庙。老山贼不杀,亦不放;孟俊郎不应,亦走不了。忽有一日,入夜,爆竹声起,远处夜色中有烟花腾空,孟俊郎惊觉上元节已至,他已无法按时赴约。孟俊郎忖道:"张元伯,信士也。我孟俊郎,信士所信之人也,安有不赴约之理!记得吴承恩说过,仙能瞬间即至,鬼能御风千里,我无法羽化成仙,但可杀身成鬼。如此,当不负上元灯彩之约。"忖罢,孟俊郎走到老山贼跟前,劈手夺过匕首,扎进了自己的喉咙。老山贼愕然叫道:"我只是个山贼,我没有杀心啊。"说着扑通跪倒在瘟神张元伯跟前:"元伯大神,我再也不要做山贼了,我就在这儿当庙祝侍奉您吧!"

与此同时,孟俊郎一魂升空,御风飞行。

十八　夫子庙：一诺既出，万年无阻

灯火阑珊。夜已深，游人渐散。灯彩兀自闪亮，张元伯和玉灯还在街中张望。

玉灯安慰道："孟俊郎怕是误了行程。"

张元伯："未过夜中，不下定论。"

玉灯抬头看看月亮，轻声道："马上就要过夜中了。"

张元伯却忽然看见孟俊郎轻盈走来，大喜道："玉灯，俊郎来啦！"

但玉灯却看不见孟俊郎，问道："哪儿呢？"

张元伯一指道："不就在这儿吗？"

玉灯惶惑疑惧，不明所以。

张元伯急上前，孟俊郎却忙退后。

孟俊郎叹道："兄请止步。弟已非阳世之人，乃鬼魂也。"

张元伯震道:"鬼魂?难道你已殁?"

孟俊郎点头。

张元伯:"这却是因何?"

孟俊郎:"尘世滚滚,岁月匆匆,一年中每念及上元灯彩之约,心头如醉,满眼芬芳。我择日出发,日夜兼程,本可轻松抵达,犹有余闲,谁知途中有变,无法脱身,念及吴承恩曾点拨鬼魂可日行千里,遂自刎而死,果然身重魂轻,可驾风破气,恰好准时赴这上元灯彩之约。"

张元伯颤道:"何苦!何苦啊!"

孟俊郎:"今日之约,虽是人鬼之隔,亦可了结。但犹恨不能尽兴,此时此刻我发下愿念,跟兄再定一约:五百年后,上元灯彩之夜再见,兄意下如何?"

张元伯:"诺。"

孟俊郎:"一约既定,千山无碍。"

张元伯:"一诺既出,万年无阻。"

孟俊郎:"风吹落月夜三更,千里幽魂叙旧盟。只恨世人多负约,拼却一死见平生。此一别,五百年,留诗一首,就此别过。"

孟俊郎说罢,跟随五妖而去,消失在一片黑暗中。

十九　黑白书生：无常

深夜，张元伯在玉灯所赠的吉利灯的光中轻念着孟俊郎的赠别诗："风吹落月夜三更，千里幽魂叙旧盟。只恨世人多负约，拼却一死见平生。"

忽有声音叫他："张元伯。"

张元伯："谁？谁叫我？"

疫鬼乘一束光现身，说道："我。"

张元伯打量疫鬼："你是谁？"

疫鬼："我乃万鬼之王。民间对我也有个俗称——疫鬼。"

张元伯："你找我何事？"

疫鬼："跟你了却一段恩怨。"

张元伯不解道："我与你初次见面，哪里来的恩怨？"

疫鬼："我们见过太多面了，只不过你忘记了。但这倒不怪你，隔阴之谜，俗胎难解。还是让我先给你讲一个故事吧。"

说着一挥手，两人眼前显现出一片风雪茫茫的荒野，寒风呼啸，两个宋朝衣饰的书生在荒野上艰难跋涉。一个白衣，一个黑衣。

张元伯："这是哪里？他们是谁？"

疫鬼："这是几百年前，宋朝，白衣书生和黑衣书生是莫逆之交，他们走在去东京赶考的路上，遇上了暴风雪，前不着村，后不着店，既缺衣，又少粮，眼看就要冻毙在那饥寒之中、荒野之上。张元伯，你心明眼亮，又有慧根，你觉得怎样才是破此困局之良策？"

张元伯："当然是齐心协力，抱团取暖，奋勇向前。"

疫鬼："这就是你的良策？"

张元伯："是。"

疫鬼："这岂是良策？我相信你知道一种良策可以破局，但你虚伪成性，不肯说出，甚至想都不肯去想。"

张元伯："我自己尚且不知，你何以相信我知道？"

疫鬼："因我了解人之本性。你不说，那我就说出来。两个人缺衣少粮，不能御寒抗饿，但若将两个人的衣和粮并给其中一个人呢？那样就会有一个人活下来。"

张元伯愣道:"这算何良策?"

疫鬼:"一个人死,总比两个人亡好。如此道理,你作为一个读书人不明白吗?"

张元伯:"人活一世,不只道理,还有道义。"

疫鬼:"如此伪善的话我懒得听了。你想知道这俩书生怎么做的吗?"

张元伯:"愿闻其详。"

疫鬼:"你瞧好了。"

两人又将目光投向那一片风雪荒野,两个书生已筋疲力尽,前边出现了一棵榕树,黑衣书生一屁股坐到树下,白衣书生急忙上前去拉。

白衣书生:"兄长快起!此等天气,万万不可坐下,一坐下,就站不起来了。"说着从自己的粮袋中掏出一把炒米和水壶,"你赶紧吃口米,喝口水,起来咱们赶路。"

黑衣书生推开炒米和水壶,站起来靠到树上,说道:"好兄弟,谢了。我不想吃。但我现在想给你讲一个故事。"

白衣书生愣住,四下看看,风雪茫茫,苦道:"兄长,这不是讲故事的时候,也不是讲故事的场合啊。"

黑衣书生:"我讲完,你就知道这是讲这个故事的场合,也是讲这个故事的时候了。"

白衣书生:"既如此,兄长请讲。"

二十　猎人故事：先手

黑衣书生讲道："从前，有两个猎人，住在同一个村里，都是打猎的好手，一个擅使弩，一个好使叉，时近年关，两家竟都无肉过年，于是相约去山里打猎。平时打猎，使弩的猎人出门往西山去，使叉的猎人出门往东山走。他们各有各的地盘。这次是他们首次共同打猎，两人决定不去西山，也不去东山，往南山去。出门时本已天寒地冻，谁想进山途中，又下起了雪。"

张元伯看见，黑白书生和风雪荒野消失了，眼前出现了一座深深的风雪山谷，一个猎人背着弓弩，一个猎人扛着铁叉，走着。

黑衣书生继续讲着："按说这类天气，猎人经常遇到，若在平时，他们也就回转了，但这次不比寻常，一是年关在即，两家老少眼神巴巴，翘首以盼；二是两个猎人联手打猎，胆气比平时壮了不少；三是谁也不好意思开口回转。他们追踪蹑迹,一路赶往深山中的深山。雪时下时停,猎物的踪迹出现又被雪覆没。这激起了两个猎人的怒火和好胜心,空手而归显然已不可能。三天后,他们被大雪封在了一个洞穴中,干粮几近耗尽,又生不成火,两人就要被冻死在那饥寒之中、山洞之内。"

张元伯看见,两个猎人瑟缩在山洞里,各自盘点着自己的口粮。

黑衣书生:"使弩的猎人还有三个烧饼,使叉的猎人还有四个饭团。按照他们的脚力、衣物、路程和大雪封山的天气,他们知道,已回不了家了。这个时候,他们分别想到了一个共同的主意。那就是,将两个人的衣服和干粮并给一个人,那么那个人就有可能走出深山。"

两个猎人包好口粮,对视着。空气紧张起来,一个手开始悄悄解弩,一个手开始偷偷摸叉。突然,他们举起了弩叉。

黑衣书生:"他们只能以死相搏,但谁都没有必胜的把握。"

使弩的猎人开口说道:"老兄,我本不想杀你,但出门前答应了孩子一句话,年三十一定回家过年。对不住了。"

使叉的猎人说:"老弟,没什么不好意思的,如若我是一条光棍,也就让你杀了。但我出门前也给老娘留了一句话,年三十晚上一定回去给她磕头。"

使弩的猎人:"我使弩,虽轻便但杀力小,平时也就打些山鸡野兔等小动物;你使叉,虽不轻便但杀力大,能打些野猪野牛,甚至你还打过一头老虎。"

使叉的猎人问道:"生死关头,你说这么一句话干什么?"

使弩的猎人:"我说这句话的意思是,弩比叉快。"话音未落,他的飞弩射出,射中了使叉的猎人的胸口,使叉猎人的叉也投掷了出来,但失去了准头,落在了地上。使弩的猎人走到使叉的猎人的身边,捡起他的粮袋,又开始扒他的衣服。但突然,使叉的猎人手上多出一副精巧的铁环,将自己右手腕和使弩猎人的左手腕铐到了一起。

使弩的猎人使劲挣扎,却越来越紧。

使叉的猎人:"别挣巴了老弟。这样死得更快。"

使弩的猎人停止了挣扎。

使叉的猎人:"老弟你有所不知,我打猎靠的不是铁叉,而是铁环,这个铁环有个名字,唤作'九连环',无论是吊睛大虫,还是斑斓猛狮,踩上这个环,就算完蛋了。这个九连环,只有我能解。"

使弩的猎人:"老兄,你就要死了,但你只要给我解开,我还能活啊。"

使叉的猎人:"事情到了这个份儿上,实在没有解开的理由啊。"

使弩的猎人:"我给你一句话,你让我活!"

使叉的猎人:"什么话值一条命?"

使弩的猎人:"你解开,放我走,我回去照顾你老娘一辈子,我给她磕头养老!"犹豫一下,又加了一句,"保管待她比我自己老娘还亲!"

使叉的猎人想了想,摇头道:"这句话很香,比烤野猪肉还香。但可惜你说的是假话,我不信。"

使弩的猎人:"怎么是假话呢?我就是这么想的,我说到做到!"

使叉的猎人:"你若说照顾我老娘一辈子,我信;说磕头养老,我也信。但你说保管比你老娘还亲,这就违背了人伦,我一下明白你说的是假话了。"

使弩的猎人:"我刚才说这句话确有些着急,毕竟生死就在眼前,想必你也能明白。"

使叉的猎人:"我就是明白了你说的话才不信你的话。你摸着良心想想,你刚才是不是闪过一个念头,若真活着回去,就把我老娘给杀了?"

使弩的猎人:"你心好毒,我说不过你。"

使叉的猎人:"老弟,不是我毒。你并非死在我手上,你是死在你自己手上;也不是死在自己手上,你是死在那一句话上。我死了,咱们前后脚见吧。"

说罢，一闭眼，死了。山洞重又化为风雪旷野，张元伯看见，黑白书生又出现在树下。

黑衣书生："这其实也算不上是个故事，它是一件真事儿。"

白衣书生道："若是故事，我倒也能懂；但若是真事儿，旁边又没有别人，你是如何得知的？"

黑衣书生："故事到这里并没有结束。那使叉的猎人死了以后，使弩的猎人并没有放弃，因为使弩的猎人腰里常年掖着一把匕首。那使弩的猎人从腰里掏出匕首，说道：'老兄，你虽死了，但这句话我还得说，其实我打猎也不光靠弩，我还靠这把匕首。我有这把匕首，就死不了，我可以把你的手腕割断。我让你解开，是想给你留个全尸，但谁知你不解我的好意。得罪了。'"

白衣书生："原来使弩的猎人活下来了。"

黑衣书生："是的。他割断了使叉猎人的手腕，逃了出来。"

白衣书生："然后呢？"

黑衣书生："然后，他回到了家。他以后打到的猎物，自己家一份，给使叉猎人的老娘一份，一直到那老娘死。但使弩的猎人这一生最痛苦的事情是解不开那九连环。那九连环只有使叉的猎人能解。他曾经想过找铁匠把那九连环熔化，但这样一来他杀死使叉猎人的事情就可能败露。因此他白天将那九连环捆在胳膊上，晚上就在灯下琢磨怎么解开那九连环。"

白衣书生："解开了吗？"

黑衣书生："到死也没能解开。"

白衣书生："这使弩的猎人怎么会告诉你这些？"

黑衣书生："这使弩的猎人，就是我父亲。"又说道，"我忽有些便意，兄弟可否稍避一下？"

白衣书生背过身去；黑衣书生将自己衣服脱下，叠好搁在箱笼上，说道："兄弟可以回转了。"

白衣书生转过身来，大惊，急欲上前给黑衣书生穿上衣服。被黑衣书生以手止住道："我意已决！"

白衣书生："兄长何苦！兄长何苦啊！"

黑衣书生吟诵道："并物一人生，同行二人死。两死诚何苦，君生尚有益。"

白衣书生："兄长心意我领，但决不能受。兄长快将衣服穿起。"

黑衣书生俯身从箱笼中取出一副铁环，问道："兄弟可认得这物件？"

白衣书生："可是九连环？"

黑衣书生："正是。"说着又俯身将九连环扣在自己双脚的脚踝上，"这九连环至今无人能解。此一扣，我已进死地。我父母双亡，并无更多牵挂，只望兄弟应试之后，得便之时，不忘回来葬我。"

白衣书生上前试图解九连环，无果。

黑衣书生笑道："兄弟不必徒劳，这九连环匪夷所思，实难破解。"

白衣书生痛哭道："兄长，你这是陷我于大不义啊！"

黑衣书生："事已至此，多说无益，兄弟还不赶紧取衣纳粮而去。只不忘回来葬我即可。"

白衣书生："兄长恩德，我心已领。一约既定，千山无碍。弟必将择日回来葬兄。"

白衣书生含泪取衣纳粮背到身上。黑衣书生目睹白衣书生远去在风雪中。天地一片茫茫。

张元伯看得有些呆了，问道："后来呢？"

疫鬼："后来，那白衣书生没有回来葬黑衣书生。那黑衣书生被冻死后，因是义举而死，本可往光明处投胎，但谁知那九连环在人间嗜血过多，曾锁死过无数头兽物，又沾了两次人血，通了灵性，黑衣书生成鬼之后，亦被其锁死，无法上黄泉路，奔奈何桥，只能原地打转，日渐积怨生怒，更因九连环所困，体困力弱，被无数孤魂野鬼来围殴调戏。"

张元伯："莫非这黑衣书生是你？"

疫鬼："不错。这黑衣书生正是我。我父母双亡，那白衣书生不来葬我，亦未对我供奉，我于是成了一个饿鬼，并因九连环所困，野食也抢夺不得。但忽有一天，我感到身体一轻，发现自己竟然被饿死了。我原先不知道鬼也会死，我死以后，成为一个聻。人怕鬼，鬼怕聻。尤为可喜的是，作为聻，隔尘两世，九连环已锁不到此处，我竟也得了大解脱，还可驱万鬼。我又将那九连环作为我的法器，降住了金木水火土五妖，为我所用。我体内怨气甚多，成为威震八方的疫鬼，有了自己的供奉。但驱鬼降妖，所需甚大，尤其是后来各处疫鬼庙渐渐被瘟神庙取代，香火祭祀日渐稀少。没有香火供奉，维持不住神灵之躯，我的身体渐渐空虚，现在已近半透明，我正在死去，再死为希，希死为夷。希为声，夷为形，我的形相和声音很快就会死了，到那时就是一片虚无，连没有也没有地不在了。但我的怨气却不因此减少，怒火和恐惧燃烧我的时时刻刻。正因此，我要找你了结我们的恩怨。"

张元伯："莫非那白衣书生是我？"

疫鬼："不错。那白衣书生正是你。"

张元伯："我既答应回来葬你，又为何不回？"

疫鬼："我解脱九连环之困后，曾去查过你的履历。你那年省试高中，本欲回来葬我，但盘算时日，觉得会耽误殿试；殿试之后，你留京为官，又娶了一位宰相的女儿做妻，可谓功成名就。"

张元伯："我不曾想回来葬你？"

疫鬼："你曾向你那位做宰相的岳丈大人提过，想请假百日回去葬一位朋友。你那位岳丈大人将你严加训斥,那时他在朝中地位岌岌可危,招你为婿也是想壮大自己势力。你刚履职,若请假仨月,朝中难免有人以此大做文章,你便又止了这念头。"

张元伯:"再后来呢?"

疫鬼:"再后来你又向你娘子提及此事,你将此事详细说与你娘子,希望她从中斡旋,寻机回来葬我。但你娘子听完,认为我是一个恶人,不值得拿仨月回来葬我。"

张元伯:"这是为何?"

疫鬼:"你娘子质问你说,既然那九连环解不开,那么你那朋友又是如何从他父亲手腕上解下来的?"

张元伯:"你刚才讲故事的时候,我也正有此问。"

疫鬼:"你娘子说,下葬之时,人多眼杂,你那朋友不便做手脚,一定是在安葬之后,夜深之时,你那朋友打开棺盖,拿斧头剁卜他父亲的手臂,方取得此环。如此不孝不敬之恶人,何葬之有?"

张元伯:"我怎么说?"

疫鬼:"你说他与我有义,你娘子说地之上有天,义之上有大义,此等开棺切父之徒,断不值得拿大好前程去为他安葬。并警示与你,你若去,须切断与宰相岳丈的一切关联。那时宰相与他的党伙已经成为你命中的九连环，断不掉又解不开。你遂止了这念头。后来你岳丈大人势力坍塌，你被流放到儋州，从此彻底止了这念想。"

张元伯："如此说来，我曾负你。"

疫鬼："你为何不问我是否曾开棺切断我父亲手臂？"

张元伯："此事确切与否，与我曾负你并无干系。"

疫鬼："这一世的你见解甚高。但那一世的你拿此当作避免葬我的借口。当然，我也承认，你娘子猜得不错，我的确是将我父亲开棺切腕拿到的九连环。这个谁也解不开的环，让我心有不甘。我想解开它。"

张元伯："你解开了吗？"

疫鬼："成瞽之前，没有解开；成瞽之后，不受其约束，才知其奥妙。你负我的那个誓约，咱们就用这九连环来了结吧。"

说着，疫鬼手一挥，张元伯眼前出现了一片光，光中是五妖看管下的孟俊郎。孟俊郎被架在一口油锅上方烤着，双脚的脚踝上扣着那九连环。

张元伯惊道："俊郎吾弟！"

孟俊郎呼道："兄长，此为陷阱，他想让你成瞽来解九连环。你不要上当。"

疫鬼手再一挥，孟俊郎及五妖从光中消失了。

疫鬼："张元伯，你若解不开这九连环，孟俊郎鬼命休矣，永不再入轮回。你只有七七四十九天时间。不过最简单的法子我已告诉你了，那就是跟我一样，成为一个薴。"

张元伯："他在哪里？"

疫鬼："中阴险境。"

张元伯："那我们这是在何处？"

疫鬼："梦里。"

张元伯："我的梦还是你的梦？"

疫鬼："都不是。我早已不做梦了，你的梦又太简陋寒酸，我进去几乎找不到立足之地，根本无法交谈，所以我选了一个人的美梦。"

张元伯："美梦？谁的梦？"

疫鬼："张元伯，你仔细看看，看看这是谁的梦。"

张元伯往四下看去，黑暗中渐渐浮现出一盏盏温馨美丽的灯彩——那都是他画过的灯彩。一张文昌星符飘在一盏盏灯彩中间，那是玉灯从孟俊郎那儿给他请来的。张元伯猛然醒悟到这是玉灯的梦！

张元伯厉声质问疫鬼道："你为何要选玉灯的梦？"

疫鬼："只因她梦里总是有你。"

张元伯："卑鄙！"

说着气愤地冲向疫鬼,但疫鬼跟那束光顿时消失了,张元伯也一下扑空。接着响起玉灯的声音:"元伯!元伯!元伯!"

二十一　张元伯：上元灯彩图

玉灯惊叫着从梦中醒来，是深夜龙门客栈的柜台，玉灯趴在这里做了那个疫鬼与元伯交谈的噩梦。

此时张元伯也叫着玉灯，从仓房里出来，两人面面相觑，都回味着刚才的梦。玉灯回过神来，渐渐有些惊恐，她看着张元伯，求道："元伯，你不能去。那只是个梦！"

张元伯："你知道，那不是梦。那是孟俊郎的苦地，也是我的。"

玉灯："那不是真的。"

张元伯："我知道那是真的。"

玉灯："即便是真的，疫鬼也是让你去送死。而且是死两次，让你成礜去解九连环。"

张元伯："他有他的妄想，我有我的念想。"

玉灯："可孟俊郎也不愿你去啊。"

张元伯："他不愿我去，在他；我愿去，在我。"

玉灯："元伯，成聱，你将永不再入轮回。"

张元伯："人无信不立。有些事超越轮回。"说罢，看向玉灯，"玉灯，此一世，蒙你垂爱，受宠若惊，不能报答。"

玉灯："我不要你报答，只想要你活完这一世。"

张元伯径自说道："在我床下，有一幅画，我画了十年，画的时候，你还是垂髫之年，现在你已经长大了。那张画里，有你，有你长大的每一年，当然也有我，有你爹爹，有你娘亲，有孟俊郎，有吴承恩，有夫子庙很多人。即便所有人都不在了，这幅画还会在。我们都是画中人。"

玉灯泪流不止，知道无可挽回，上前轻轻环抱住张元伯："我们还会再见吗？"

张元伯："会的。"

玉灯："在哪里？"

张元伯："在画中，在尘世中，在星汉灿烂中。像两粒种子春种秋收，像两束光照见彼此，像两条路会于远方，像两滴水相通于世界。到那时，你已非你，我已非我，但你只要爱所有事物你就会爱到我，你只要念所有念想就会念到我。千山无碍，万年无阻。"

玉灯含泪点头道："千山无碍，万年无阻。"

说罢，轻轻叹息一声，松开了张元伯。

二十二　隔尘：回向

张元伯走后，玉灯常念一首回向文，那是以前她常念给母亲的：

过大路，越小径，
经田野，涉河流。
带上你愿，
带上你念，
不仓皇，
不张望，
不犹疑，
不紧张。
逢山开路，
遇水搭桥，
见风沉底，

向光仰望。

　　照亮你的顶轮，

　　照亮你的喉轮，

　　照亮你的心轮，

　　照亮你的脐轮，

　　照亮你的海底轮……

　　玉灯所不知道的是，她的这段回向文张元伯听见了。他在玉灯的念诵中，自戕而死，穿世而落，落在中阴险境，落在孟俊郎和五妖跟前。

　　孟俊郎："兄长，你不该来。"

　　张元伯："我必须来。"

　　孟俊郎叹道："来你也解不开这九连环啊，除非成聋。"

　　张元伯："只要是环，即有其解。"

　　疫鬼现身，哂道："好大口气！那你就来解一解吧。"

　　说着手一挥，九连环由孟俊郎的脚踝移到了张元伯的脚踝上。孟俊郎从火架上跌落在地。张元伯俯身，随手轻轻就取下了铁环。

　　金猴惊道："大王，他何以不受九连环所控？"

　　疫鬼亦惑道："张元伯，莫非你自杀了两次，已成瞽？"

金猴狂喜地对其余四妖道："张元伯若成瞽，那瘟神牌位就保不住了，疫鬼庙香火重兴，咱们大功告成！"

张元伯："我并未成瞽。我的确曾想自尽两次，以脱九连环之困。但我自尽之后，各处瘟神庙无数香火涌来，我才知道无数年前我已被民间封为瘟神，这副九连环只不过是血精聚气，可以锁鬼锁妖锁怪，却无法锁住神灵。"

疫鬼气道："民间封神，岂有效力！"

张元伯："那是无数的人心，无尽的祈愿，无限的渴望的力量。神灵不在别处，正在每人心头。你在黑暗的怨念中太久了，自己变成了自己的九连环。走出来吧。"

疫鬼："是你负我，才把我变成这个样子。你让我怎么走出？"

张元伯："那个宋朝的我，并非今天全部的我，正如无数年前的瘟神张元伯，也并不完全等同于此刻的我。一粒种子长出庄稼，又结出种子，后来的种子并不是早先的那粒。换言之，我也许只是宋朝那个白衣书生的一个闪念。那个白衣书生早已无数次流转，你却执念于刻舟求剑。"

疫鬼叹道："事已至此，也算了结。我就要到那连没有也没有的不在中去了。"

说罢欲走。

张元伯:"且慢。事情还没有了结。在你跟我梦里对话以后,我用多年画灯彩攒下的积蓄,买下一白一黑两匹快马,日骑白马,夜御黑马,我日夜兼程,赶到你和白衣书生分别之地,那棵古榕树还在,但你的骨殖已然无存,我想你的骨殖血气应已融入泥土,又化为青青枝叶,于是我剪了一挂青枝绿叶,带到你家乡,给你在面南背北的向阳处造了一座小坟,我将那挂青枝绿叶插到了你的坟头。你不必再去那连没有也没有的不在中了,你回故乡去吧,和那挂青枝绿叶融为一身,在山水间成长为一棵更古老的榕树,你将有清风阳光雨水这些天然的供奉,你将不再有怨念,并将荫佑蚂蚁、飞鸟与野草,还有无数过往的行人。"

疫鬼拱手作揖,肃然道:"谢元伯大神。他年您若途经此我,我必赠您一树清风、一方绿荫。"

说罢隐身飞走了。

五妖纷嚷道:"我们怎么办?疫鬼他还没给我们解九连环咒语呢!"

张元伯将九连环扔进火堆:"你们不再受九连环的束缚了。"

金猴道:"谢元伯大神!他年我们若再跟您相见——算了,我们也别跟您见啦!"

说罢，金猴、木鱼、水蛙、土牛向四个方向狂奔而去，火鸟急得直跺脚："东西南北都让它们占了！我这该往哪儿去啊？"

张元伯往天空指指："翅膀也是道路。"

火鸟展翅向上飞走。

张元伯走到孟俊郎身边，道："你听。"

孟俊郎倾耳："是玉灯的声音。"

两人静静听着：

> 往明亮之地走，
>
> 往温暖之乡走，
>
> 往下一刻走，
>
> 一刻连一刻，
>
> 一念连一念，
>
> 光连光，
>
> 我连你，
>
> 穿过险境，
>
> 如意随喜。
>
> 我们还会遇见彼此，
>
> 虽然我们已经不识。
>
> 即便你是风，
>
> 我是雨；
>
> 即便你是佛，

我是魔。

一约有一约之浩瀚,

一世有一世之欢喜。

你还会遇见我,

只要还在路上;

我还会爱上你,

只要时间够长……

张元伯和孟俊郎在玉灯的声音里,分别走进两团光中。一闪,消失了。

二十三　剧本杀：上元灯彩图

公元2022年深秋，北京亮马桥九连环推理演绎事务所推出了一款古装情感悬疑类剧本杀，名曰《上元灯彩图》。这一日，四五个年轻人来玩，为了入戏，他们还穿上了不伦不类的廉价古风服。但玩的时候却起了争执。争执在于剧本中有个老山贼，在一座瘟神庙困住主角之一孟俊郎，而孟俊郎必须自杀以获得日行千里的魂飞能力，并准时赴约。但饰演孟俊郎的这位年轻人不能认同，他说这个剧情有BUG，决不能自杀！

角色张元伯说："孟俊郎，此时此刻你必须选择自杀来见我，否则我后边的人物情绪接不上。"

角色孟俊郎说："不对。张元伯，这个故事在今天这个时代不该这么讲了，太愚昧了！我不能自杀。因为首先我可以蒙骗这个老山贼，说我出去不报官，然后我出去马上报官，这样我又能把这个山贼给收拾了，又能准时赴约。"

张元伯："你是信士，这么做不符合你的人设。"

孟俊郎："信士就不能说有价值的谎言了？我妈从小就教育我，见到坏人可以撒谎。而且，人设只能是单一的吗？不能有复合人设吗？人设就不能有变化吗？"

除张元伯外，另外几个年轻人纷纷点头称是。

孟俊郎得意地说："退一万步来讲，就算按照目前剧本设计，我已经耽误了时间，但我也不自杀。我该怎么走还怎么走，等我赶到以后，跟你张元伯解释一下不就行了吗？难道我还非得跟你以死相见？时间观念要有，但也不必要把自己搞死吧？！"

张元伯："这位兄弟，拜托！咱们这是在玩剧本杀，每个本儿都有自己的设定，不能完全由着你来。你这样不跟着主线走，咱们没法儿往下推了！"

孟俊郎："你没仔细看剧本说明吗？这个故事允许多种讲法多条线索多个选择。"

店里DM忙打圆场："这倒是。各位玩家，大家别上火哈，咱们今天这几位呢，是临时拼桌，大家多包容，多商量，以后没准能成为常来常往的朋友呢。"

张元伯："那你就说吧，这个剧本，遇到这种推理路线的分歧怎么办呢？有没有预案？"

DM从桌子底下掏出两副九连环："当然有预案——谁先于对方解开这九连环，就按谁的路线走。"

张元伯和孟俊郎对视一眼,分别抢过一副九连环,开始破解。DM领着几位其他角色唱起了剧情中的一首歌谣:

> 九连环,连九环,
> 连环九,九环连;
> 一环一环扣一环,
> 一环一环扣一环……

二十四　故事杀：火烧瘟神庙

话说元伯赴京乡试之后，为省盘缠，未再往返。张义每日依然打鱼售卖，王礼依然田中劳作，兼洒扫庙宇，并上香供果。瘟神庙自元伯一家入住，烟火起而香火续，一改往日荒凉，即连东银杏与西椰梅亦愈发硕果累累。

生活虽清贫，但于张义王礼而言，元伯中举是个盼头，日子也就有咸有淡，不觉其苦。

有年正月十五，张义王礼按灯节习俗，扎制各色灯笼挂满庙宇，入夜还放了两枚烟花、一挂爆竹。就寝后，王礼得一梦。梦中，她站于田地瓜圃之中，地块裂满口子，稻谷果蔬或枯或萎，皆干渴而死，忙扭头望向忧戚河，竟滴水皆无，只满眼鹅卵石。正慌乱中，忽见白特殿中那匹四不像飞驰而来，戛然收蹄，扬头开口，竟会人语，吐出一个谜面：

> 有个孩子真俊俏，衣裳总穿七八套，
> 怀里藏有黄金宝，头上戴顶簇缨帽。

说罢，以蹄刨地，又仰天长嘶，叫声凄厉。王礼蓦地梦醒，天还未亮，忙推醒张义，说与他听。张义听罢，神色一凛，忧心忡忡，叹曰天或将旱。又让王礼把四不像梦中所语谜面再说一遍。但两人猜来猜去，到二月二亦未猜出谜底。

二月二，龙抬头。春种在即。王礼打算与往年一样，栽种瓜菜与水稻，张义却不允，曰该种四不像所说谜面之谜底。王礼不解，不过一梦，何必当真。张义却另有道理，曰不止四不像有示警，网中鱼、河中水、天边云亦现异常。

原来张义听完四不像示警，每日去河中撒上几网，端详网中鱼，大鱼渐少，深鱼上浮；又去河中下了几处浮标，见水虽不明显，但确乎日日挫矮；再眺望天边云，愈发稀薄寡淡，聚不成团。更可惧者，天之热，地之温，大胜往年。

然谜底为何物？张义去码头集市，人烟密处，多有探询，皆无人猜出。一日忽想，心远学院杨山长学问广博，或能有解。到得书院，却逢杨山长正在调停一事，便站立一旁等候。原来有一北地学子入学，背一袋嚼谷，说叫"番麦"（即今日之玉米），交与厨上抵食，院厨却坚决不收，曰从未见过此物，不会整治。张义近前视之，见袋中物粒粒状如石榴子，灿灿金黄，心中一动，念及"怀里藏有黄金宝"，不禁趋前说出谜面，向那北地学子请教，北地学子大叫道："此吾乡谜语！喻此番麦矣！"张义急上前抱住番麦，许以两袋稻米换之。

将番麦撒播入田后，张义却夜不能寐，与王礼说须将旱警通报此地里长与粮长，王礼亦表同意。当年元伯一家入住瘟神庙后，里长便带粮长来巡查过，见是老实人家，还可照看庙宇，就未逐走，并将王礼所辟之隙地荒田，编入鱼鳞图册，按时对其征粮纳税。入册即落户！张义王礼感激有加。

张义将旱警报与里长并粮长，但只提鱼、水、云之征兆，未言四不像谜语一事，却只引得二人一番嗤笑，曰此地有史以来并无旱情。可也是，白鹤溪浩荡流过齐云山，并泻出忧戚、休宁两条肥水，怎会有旱？粮长熟读县志，曰此地不但自古未有旱灾，倒是洪涝之害颇多。张义不得已只好说出四不像以梦预警之事，二人更乐不可支，笑张义痴顽，执迷一梦。

此事不胫而走，传为笑谈。也有好事者来看张义王礼所种番麦，虽苗青叶秀，茁壮挺拔，但比起当地水稻，并无甚奇特之处。皆谈笑一番而去。王礼亦对旱警渐渐将信将疑，只张义犹自忧心忡忡。

大旱果来矣！二月二后，再无一场雨。日头毒照，地干裂口。农人欲去河里引水，才觉水势大跌。不几日，白鹤溪断流；又几日，忧戚、休宁两河干涸。稻禾尚未抽穗即枯死于田，风吹飘摇如烟。

张义王礼所种番麦却依然郁郁青青，并抽穗结实。这番麦竟甚是抗旱！张义王礼夏收甚丰。二人收完，又夏播一季。当地村民，却依然种水稻或其他谷类，并不信大旱会持续下去。张义王礼甚是不解。

旱情持续。当地村民秋季依然绝收。独张义王礼又收一季。秋收虽不如夏收丰，亦很可观。二人将番麦籽粒摊院晾晒，金黄耀眼。晒完不敢储于别处，堆放门房。二人夜里即睡其间。

到年根儿，家家断顿，户户无粮，饿殍日多。张义王礼惴惴不安，因来瘟神庙乞讨之人愈来愈多，皆知此庙有粮。

无论昼夜，瘟神庙周围总是人影幢幢。

张义王礼感其危、觉其险，将番麦交与里长，用于赈灾；只留些口粮与种子，以待度日并来年春播。张义亦贴门告示，并央里长通报灾民：此庙粮已交公。却不见其效，来乞之人仍旧络绎不绝。

这年过后，正月十五，入夜后，瘟神庙无灯无彩，院内挤满灾民，砸门敲窗，嚷叫吼喊，意为张义王礼乃外乡人，即刻交出余粮和种子，滚出此地。门房内，张义王礼两人各持一支松明火把，坐于仅剩两袋番麦旁边，凄然对望。两袋番麦及屋内墙壁家具都涂满了松脂灯油。

王礼道："可惜见不到元伯中举了。"

张义道："未必。你可还记得聂元伯大哥，他为鬼不投胎，还可见人间事。"

王礼道："那咱们死后，不投胎就可见元伯中举？"

张义点头。

王礼松口气道："那咱们说好，不投胎。"

张义："好。不投胎。咱们趁早上路吧。"

说罢，两人将火把伸出，点燃番麦及屋内各物，火苗蹿出，腾为大火，瘟神庙刹那间亮如白昼。灾民四散，门房忽焰卷气爆，声如惊雷，两袋灿灿金黄的籽粒被炸上天，又落在地，粒粒绽开如花。灾民怔忪之后，疯抢吞食。

瘟神庙烧了一夜，从此毁弃。

尚有一话可赘：那夜，中有一位精明灾民，受此启发，尝试将如许籽粒爆裂为花售卖，并传至今天。即爆米花。

二十五　故事源流考：《后汉书·独行列传》

范晔　著

范式字巨卿，山阳金乡人也，一名汜。少游太学，为诸生，与汝南张劭为友。劭字元伯。二人并告归乡里。式谓元伯曰："后二年当还，将过拜尊亲，见孺子焉。"乃共克期日。后期方至，元伯具以白母，请设馔以候之。母曰："二年之别，千里结言，尔何相信之审邪？"对曰："巨卿信士，必不乖违。"母曰："若然，当为尔酝酒。"至其日，巨卿果到，升堂拜饮，尽欢而别。

式仕为郡功曹。后元伯寝疾笃，同郡郅君章、殷子徵晨夜省视之。元伯临尽，叹曰："恨不见吾死友！"子徵曰："吾与君章尽心于子，是非死友，复欲谁求？"元伯曰："若二子者，吾生友耳。山阳范巨卿，所谓死友也。"寻而卒。式忽梦见元伯玄冕垂缨屣履而呼曰："巨卿，吾以某日死，当以尔时葬，永归黄泉。

子未我忘，岂能相及？"式怳然觉寤，悲叹泣下，具告太守，请往奔丧。太守虽心不信而重违其情，许之。

式便服朋友之服，投其葬日，驰往赴之。式未及到，而丧已发引，既至圹，将窆，而柩不肯进。其母抚之曰："元伯，岂有望邪？"遂停柩移时，乃见有素车白马，号哭而来。其母望之曰："是必范巨卿也。"巨卿既至，叩丧言曰："行矣元伯！死生路异，永从此辞。"会葬者千人，咸为挥涕。式因执绋而引柩，于是乃前。式遂留止冢次，为修坟树，然后乃去。

二十六　故事源流考：
《喻世明言·范巨卿鸡黍死生交》

冯梦龙　著

种树莫种垂杨枝，结交莫结轻薄儿。杨枝不耐秋风吹，轻薄易结还易离。君不见昨日书来两相忆，今日相逢不相识！不如杨枝犹可久，一度春风一回首。

这篇言语是《结交行》，言结交最难。今日说一个秀才，是汉明帝时人，姓张名劭，字元伯，是汝州南城人氏。家本农业，苦志读书；年二十五岁，不曾婚娶。其老母年近六旬，并弟张勤努力耕种，以供二膳。时汉帝求贤。劭辞老母，别兄弟，自负书囊，来到东都洛阳应举。在路非只一日。到洛阳不远，当日天晚，投店宿歇。是夜，常闻邻房有人声唤。劭至晚问店小二："间壁声唤的是谁？"小二答道："是一个秀才，害时症，在此将死。"劭曰："既是斯文，当以看视。"小二曰："瘟病过人，我们尚自不去看他，秀才，你休去！"劭曰："死生有命，安有病能过人之理？吾须视之。"小二劝不住。劭乃推门而入，见一人仰面卧于土榻之上，面黄肌瘦，口内只叫救人。劭见房中书囊衣冠，都是应举的行动，遂扣头边而言曰："君子勿忧，张劭亦是赴选之人。今见汝病至笃，吾竭力救之。药饵粥食，吾自供奉，且自宽心。"其人曰："若君子救得我病，容当厚报。"劭随即挽人请医用药调治。早晚汤水粥食，劭自供给。

数日之后，汗出病减，渐渐将息，能起行立。劭问之，乃是楚州山阳人氏，姓范，名式，字巨卿，年四十岁。世本商贾，幼亡父母，有妻小。近弃商贾，来洛阳应举。比及范巨卿将息得无事了，误了试期。范曰："今因式病，有误足下功名，甚不自安。"劭曰："大丈夫以义气为重，功名富贵，乃微末耳，已有分定。何误之有？"范式自此与张劭情如骨肉，结为兄弟。式年长五岁，张劭拜范式为兄。

结义后，朝暮相随，不觉半年。范式思归，张劭与计算房钱，还了店家。二人同行。数日，到分路之处，张劭欲送范式。范式曰："若如此，某又送回；不如就此一别，约再相会。"二人酒肆共饮，见黄花红叶，妆点秋光，以助别离之兴。酒座间杯泛茱萸，问酒家，方知是重阳佳节。范式曰："吾幼亡父母，屈在商贾。

经书虽则留心,奈为妻子所累。幸贤弟有老母在堂,汝母即吾母也。来年今日,必到贤弟家中,登堂拜母,以表通家之谊。"张劭曰:"但村落无可为款,倘蒙兄长不弃,当设鸡黍以待,幸勿失信。"范式曰:"焉肯失信于贤弟耶?"二人饮了数杯,不忍相舍。张劭拜别范式。范式去后,劭凝望堕泪;式亦回顾泪下,两各怏怏而去。有诗为证:

手采黄花泛酒卮,殷勤先订隔年期。
临歧不忍轻分别,执手依依各泪垂。

且说张元伯到家,参见老母。母曰:"吾儿一去,音信不闻,令我悬望,如饥似渴。"

张劭曰:"不孝男于途中遇山阳范巨卿,结为兄弟,以此逗留多时。"母曰:"巨卿何人也?"张劭备述详细。母曰:"功名事,皆分定。既逢信义之人结交,甚快我心。"少刻,弟归,亦以此事从头说知,各各欢喜。

自此张劭在家,再攻书史,以度岁月。光阴迅速,渐近重阳。劭乃预先畜养肥鸡一只,杜酝浊酒。是日早起,洒扫草堂;中设母座,傍列范巨卿位,遍插菊花于瓶中,焚信香于座上。呼弟宰鸡炊饭,以待巨卿。母曰:"山阳至此,迢递千里,恐巨卿未必应期而至。待其来,杀鸡未迟。"劭曰:"巨卿,信士也,必然今日至矣,安肯误鸡黍之约?入门便见所许之物,足见我之待久。如候巨卿来,而后宰之,不见我惓惓之意。"母曰:"吾儿之友,必是端士。"遂烹庖以待。

是日,天晴日朗,万里无云。劭整其衣冠,独立庄门而望。看看近午,不见到来。母恐误了农桑,令张勤自去田头收割。张劭听得前村犬吠,又往望之,如此六七遭。因看红日西沉,现出半轮新月,母出户令弟唤劭曰:"儿久立倦矣!今日莫非巨卿不来?且自晚膳。"劭谓弟曰:"汝岂知巨卿不至耶?若范兄不至,吾誓不归。汝农劳矣,可自歇息。"母弟再三劝归,劭终不许。

候至更深,各自歇息,劭倚门如醉如痴,风吹草木之声,莫是范来,皆自惊讶。看见银河耿耿,玉宇澄澄,渐至三更时分,月光都没了。隐隐见黑影中,一人随风而至。劭视之,乃巨卿也。再拜踊跃而大喜曰:"小弟自早直候至今,知兄非爽信也,兄果至矣。旧岁所约鸡黍之物,备之已久。路远风尘,别不曾有人同来?便请至草堂,与老母相见。"范式并不答话,径入草堂。张劭指座榻曰:"特设此位,专待兄来,兄当高座。"张劭笑容满面,再拜于地曰:"兄既远来,路途劳困,且未可与老母相见,杜酿鸡黍,聊且充饥。"言讫又拜。范式僵立不语,但以衫袖反掩其面。劭乃自奔入厨下，取鸡黍并酒，列于面前，再拜以进。曰："酒肴虽微，劭之心也，幸兄勿责。"但见范于影中，以手绰其气而不食。劭曰："兄意莫不怪老母并弟不曾远接，不肯食之？容请母出与同伏罪。"范摇手止之。劭曰："唤舍弟拜兄，若何？"范亦摇手而止之。劭曰："兄食鸡黍后进酒，若何？"范蹙其眉，似教张退后之意。劭曰："鸡黍不足以奉长者，乃劭当日之约，幸勿见嫌。"范曰："弟稍退后，吾当尽情诉之。吾非阳世之人，乃阴魂也。"劭大惊曰："兄何故出此言？"范曰："自与兄弟相别之后，回家为妻子口腹之累，溺身商贾中，尘世滚滚，岁月匆匆，不觉又是一年。向日鸡黍之约，非不挂心；近被蝇利所牵，忘其日期。今早邻右送茱萸酒至，方知是重阳。忽记贤弟之约，此心如醉。山阳至此，千里之隔，非一日可到。若不如期，贤弟以我为何物？鸡黍之约，尚自爽信，何况大事乎？寻思无计。常闻古人有云：'人不能日行千里，魂能日行千里。'遂嘱咐妻子曰：'吾死之后，且勿下葬，待吾弟张元伯至，方可入土。'嘱罢，自刎而死。魂驾阴风，特来赴鸡黍之约。万望贤弟怜悯愚兄，恕其轻忽之过，鉴其凶暴之诚，不以千里之程，肯为辞亲，到山阳一见吾尸，死亦瞑目无憾矣。"言讫，泪如迸泉，急离坐榻，下阶砌。劭乃趋步逐之，不觉忽踏了苍苔，颠倒于地。阴风拂面，不知巨卿所在。有诗为证：

风吹落月夜三更，千里幽魂叙旧盟。
只恨世人多负约，故将一死见平生。

张劭如梦如醉，放声大哭。那哭声，惊动母亲并弟，急起视之，见堂上陈列鸡黍酒果，张元伯昏倒于地。用水救醒，扶到堂上，半晌不能言，又哭至死。母问曰："汝兄巨卿不来，有甚利害？何苦自哭如此！"劭曰："巨卿以鸡黍之约，已死于非命矣。"母曰："何以知之？"劭曰："适间亲见巨卿到来，邀迎入座，具鸡黍以迎。但见其不食，再三恳之。巨卿曰：'为商贾用心，失忘了日期。今早方醒，恐负所约，遂自刎而死。阴魂千里，特来一见。'母可容儿亲到山阳葬兄之尸，儿明早收拾行李便行。"母哭曰："古人有云：'囚人梦赦，渴人梦浆。'此是吾儿念念在心，故有此梦警耳。"劭曰："非梦也，儿亲见来，酒食见在；逐之不得，忽然颠倒，岂是梦乎？巨卿乃诚信之士，岂妄报耶！"弟曰："此未可信。如有人到山阳去，当问其虚实。"劭曰："人禀天地而生，天地有五行，金、木、水、火、土，人则有五常，仁、义、礼、智、信以配之，惟信非同小可。仁所以配木，取其生意也。义所以配金，取其刚断也。礼所以配水，取其谦下也。智所以配火，取其明达也。信所以配土，取其重厚也。圣人云：'大车无輗，小车无軏，其何以行之哉？'又云：'自古皆有死，民无信不立。'巨卿既已为信而死，吾安可不信而不去哉？弟专务农业，足可以奉老母。吾去之后，倍加恭敬，晨昏甘旨，勿使有失。"遂拜辞其母曰："不孝男张劭，今为义兄范巨卿为信义而亡，须当往吊。已再三叮咛张勤，令侍养老母。母须早晚勉强饮食，勿以忧愁，自当善保尊体。劭于国不能尽忠，于家不能尽孝，徒生于天地之间耳。今当辞去，以全大信。"母曰："吾儿去山阳，千里之遥，月余便回，何故出不利之语？"劭曰："生如浮沤，死生之事，旦夕难保。"恸哭而拜。弟曰："勤与兄同去，若何？"元伯曰："母亲无人侍奉，汝当尽力事母，勿令吾忧。"洒泪别弟，背一个小书囊，来早便行。有诗为证：

辞亲别弟到山阳，千里迢迢客梦长。
岂为友朋轻骨肉？只因信义迫衷肠。

沿路上饥不择食，寒不思衣。夜宿店舍，虽梦中亦哭。每日早起赶程，恨不得身生两翼。行了数日，到了山阳。问巨卿何处住，径奔至其家门首。见门户锁着，问及邻人。邻人曰："巨卿死已过二七，其妻扶灵柩，往郭外去下葬。送葬之人，尚自未回。"劭问了去处，奔至郭外，望见山林前新筑一所土墙，墙外有数十人，面面相觑，各有惊异之状。劭汗流如雨，走往观之。见一妇人，身披重孝，一子约有十七八岁，伏棺而哭。元伯大叫曰："此处莫非范巨卿灵柩乎？"其妇曰："来者莫非张元伯乎？"张曰："张劭自来不曾到此，何以知名姓耶？"妇泣曰："此夫主再三之遗言也。夫主范巨卿，自洛阳回，常谈贤叔盛德。前者重阳日，夫主忽举止失措。对妾曰：'我失却元伯之大信，徒生何益！常闻人不能行千里，吾宁死，不敢有误鸡黍之约。死后且不可葬，待元伯来见我尸，方可入土。'今日已及二七，人劝云：'元伯不知何日得来，先葬讫，后报知未晚。'因此扶柩到此。众人拽棺入金井，并不能动，因此停住坟前，众都惊怪。见叔叔远来如此慌速，必然是也。"元伯乃哭倒于地。妇亦大恸，送殡之人，无不下泪。

元伯于囊中取钱，令买祭物，香烛纸帛，陈列于前。取出祭文，酹酒再拜，号泣而读，文曰：

维某年月日，契弟张劭，谨以炙鸡絮酒，致祭于仁兄巨卿范君之灵曰：于维巨卿，气贯虹霓，义高云汉。幸倾盖于穷途，缔盍簪于荒店。黄花九日，肝膈相盟；青剑三秋，头颅可断。堪怜月下凄凉，恍似日间眷恋。弟今辞母，来寻碧水青松；

兄亦嘱妻，伫望素车自练。故友那堪死别，谁将金石盟寒？丈夫自是生轻，欲把昆吾锷按。历千古而不磨，期一言之必践。倘灵爽之犹存，料冥途之长伴。呜呼哀哉！尚飨。

元伯发棺视之，哭声动地。回顾嫂曰："兄为弟亡，岂能独生耶？囊中已具棺椁之费，愿嫂垂怜，不弃鄙贱，将劭葬于兄侧，平生之大幸也。"嫂曰："叔何故出此言也？"勋曰："吾志已决，请勿惊疑。"言讫，掣佩刀自刎而死。众皆惊愕，为之设祭，具衣棺营葬于巨卿墓中。

本州太守闻知，将此事表奏。明帝怜其信义深重，两生虽不登第，亦可褒赠，以励后人。范巨卿赠山阳伯，张元伯赠汝南伯。墓前建庙，号"信义之祠"，墓号"信义之墓。"旌表门闾。官给衣粮，以赡其子。巨卿子范纯绶，及第进士，官鸿胪寺卿。至今山阳古迹犹存，题咏极多。惟有无名氏《踏莎行》一词最好，词云：

千里途遥，隔年期远，片言相许心无变。宁将信义托游魂，堂中鸡黍空劳劝。　　月暗灯昏，泪痕如线，死生虽隔情何限。灵辀若候故人来，黄泉一笑重相见。

二十七　故事源流考：《上元灯彩图》

无名氏　作

绢本设色。纵25.5厘米，横266.6厘米。

无作者款识。无画名。长期隐匿民间。

公元1991年，经我国当代书画鉴定家徐邦达鉴定，该画为明朝画师所作，描写金陵"上元灯戏图意"，并于卷首题写"上元灯彩"四字，该画由此得名。

公元2008年12月4日，该画现身北京德隆宝国际拍卖有限公司秋季拍卖会，以739.2万元人民币成交。买家不详。